生活日語

每日一字

國家圖書館出版品預行編目資料

每日一字生活日語 / 雅典日研所企編
--二版. -- 新北市 : 雅典文化, 民109.09
面 ; 公分. -- (全民學日語 ; 58)
ISBN 978-986-98710-8-2(平裝附光碟片)

1.日語 2.詞彙

803.12 109010038

全民學日語系列 58

每日一字生活日語

企編／雅典日研所
責任編輯／許惠萍
內文排版／鄭孝儀
封面設計／宋昀儒

法律顧問：方圓法律事務所／涂成樞律師

總經銷：永續圖書有限公司
永續圖書線上購物網
www.foreverbooks.com.tw

出版日／2020年09月

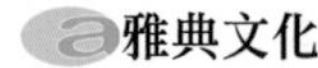

出版社
22103 新北市汐止區大同路三段194號9樓之1
TEL (02)8647-3663
FAX (02)8647-3660

50音基本發音表

清音

002

a	ㄚ	i	ㄧ	u	ㄨ	e	ㄝ	o	ㄡ
あ	ア	い	イ	う	ウ	え	エ	お	オ
ka	ㄎㄚ	ki	ㄎㄧ	ku	ㄎㄨ	ke	ㄎㄝ	ko	ㄎㄡ
か	カ	き	キ	く	ク	け	ケ	こ	コ
sa	ㄙㄚ	shi	ㄒ	su	ㄙ	se	ㄙㄝ	so	ㄙㄡ
さ	サ	し	シ	す	ス	せ	セ	そ	ソ
ta	ㄊㄚ	chi	ㄑㄧ	tsu	ㄘ	te	ㄊㄝ	to	ㄊㄡ
た	タ	ち	チ	つ	ツ	て	テ	と	ト
na	ㄋㄚ	ni	ㄋㄧ	nu	ㄋㄨ	ne	ㄋㄝ	no	ㄋㄡ
な	ナ	に	ニ	ぬ	ヌ	ね	ネ	の	ノ
ha	ㄏㄚ	hi	ㄏㄧ	fu	ㄈㄨ	he	ㄏㄝ	ho	ㄏㄡ
は	ハ	ひ	ヒ	ふ	フ	へ	ヘ	ほ	ホ
ma	ㄇㄚ	mi	ㄇㄧ	mu	ㄇㄨ	me	ㄇㄝ	mo	ㄇㄡ
ま	マ	み	ミ	む	ム	め	メ	も	モ
ya	ㄧㄚ			yu	ㄧㄩ			yo	ㄧㄡ
や	ヤ			ゆ	ユ			よ	ヨ
ra	ㄌㄚ	ri	ㄌㄧ	ru	ㄌㄨ	re	ㄌㄝ	ro	ㄌㄡ
ら	ラ	り	リ	る	ル	れ	レ	ろ	ロ
wa	ㄨㄚ			o	ㄡ			n	ㄣ
わ	ワ			を	ヲ			ん	ン

濁音

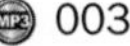
003

ga	ㄍㄚ	gi	ㄍㄧ	gu	ㄍㄨ	ge	ㄍㄝ	go	ㄍㄡ
が	ガ	ぎ	ギ	ぐ	グ	げ	ゲ	ご	ゴ
za	ㄗㄚ	ji	ㄐㄧ	zu	ㄗ	ze	ㄗㄝ	zo	ㄗㄡ
ざ	ザ	じ	ジ	ず	ズ	ぜ	ゼ	ぞ	ゾ
da	ㄉㄚ	ji	ㄐㄧ	zu	ㄗ	de	ㄉㄝ	do	ㄉㄡ
だ	ダ	ぢ	ヂ	づ	ヅ	で	デ	ど	ド
ba	ㄅㄚ	bi	ㄅㄧ	bu	ㄅㄨ	be	ㄅㄟ	bo	ㄅㄡ
ば	バ	び	ビ	ぶ	ブ	べ	ベ	ぼ	ボ
pa	ㄆㄚ	pi	ㄆㄧ	pu	ㄆㄨ	pe	ㄆㄝ	po	ㄆㄡ
ぱ	パ	ぴ	ピ	ぷ	プ	ぺ	ペ	ぽ	ポ

拗音

MP3 004

kya	ㄎㄧㄚ	kyu	ㄎㄧㄩ	kyo	ㄎㄧㄡ
きゃ	キャ	きゅ	キュ	きょ	キョ
sya	ㄒㄧㄚ	syu	ㄒㄧㄩ	syo	ㄒㄧㄡ
しゃ	シャ	しゅ	シュ	しょ	ショ
cya	ㄑㄧㄚ	cyu	ㄑㄧㄩ	cyo	ㄑㄧㄡ
ちゃ	チャ	ちゅ	チュ	ちょ	チョ
nya	ㄋㄧㄚ	nyu	ㄋㄧㄩ	nyo	ㄋㄧㄡ
にゃ	ニャ	にゅ	ニュ	にょ	ニョ
hya	ㄏㄧㄚ	hyu	ㄏㄧㄩ	hyo	ㄏㄧㄡ
ひゃ	ヒャ	ひゅ	ヒュ	ひょ	ヒョ
mya	ㄇㄧㄚ	myu	ㄇㄧㄩ	myo	ㄇㄧㄡ
みゃ	ミャ	みゅ	ミュ	みょ	ミョ
rya	ㄌㄧㄚ	ryu	ㄌㄧㄩ	ryo	ㄌㄧㄡ
りゃ	リャ	りゅ	リュ	りょ	リョ

gya	ㄍㄧㄚ	gyu	ㄍㄧㄩ	gyo	ㄍㄧㄡ
ぎゃ	ギャ	ぎゅ	ギュ	ぎょ	ギョ
jya	ㄐㄧㄚ	jyu	ㄐㄧㄩ	jyo	ㄐㄧㄡ
じゃ	ジャ	じゅ	ジュ	じょ	ジョ
jya	ㄐㄧㄚ	jyu	ㄐㄧㄩ	jyo	ㄐㄧㄡ
ぢゃ	ヂャ	ぢゅ	ヂュ	ぢょ	ヂョ
bya	ㄅㄧㄚ	byu	ㄅㄧㄩ	byo	ㄅㄧㄡ
びゃ	ビャ	びゅ	ビュ	びょ	ビョ
pya	ㄆㄧㄚ	pyu	ㄆㄧㄩ	pyo	ㄆㄧㄡ
ぴゃ	ピャ	ぴゅ	ピュ	ぴょ	ピョ

● | 平假名 | 片假名 |

問候、自我介紹

名字 017
失禮、抱歉 018
初次見面 019
請 020
謝謝 021
不客氣 022
對不起 023
再見 024
請 025
拜託 026
你好 027

發問、回答

誰 029
什麼樣的 030
幾個、幾歲 031
什麼 032
什麼時候 033
多少、多少錢 034
哪個 035
哪邊、哪裡 036
哪一個 037
怎麼樣、怎麼 038
為什麼 039
好、對 040
沒有、不是 041

空間、位置

裡面、內部 043
外面 044
上面 045
下面 046
右 047
左 048
前面、前方 049
後面 050
眼前、前方 051
裡面、深處 052
較遠的前方 053

天氣、天災

晴天 055
雨 056

陰天 057
冷的 058
熱的 059
季節 060
雪 061
温度 062
颱風 063
風 064
濕度 065

食物

食物 067
肉 068
米 069
麵 070
餐 071
日式料理 072
洋食、西洋料理 073
麵包 074
調味料 075
甜點 076
零食 077
飲料 078
茶 079

情緒

高興 081
生氣、惱怒 082
哀傷、傷心 083
開心 084
失望 085
嚇一跳 086
不甘心 087
害羞、可恥 088
困擾 089
可惜 090
期待 091

顏色、形狀

顏色 093
形狀 094
紅色的 095
綠色 096
黃色 097
藍色的 098
黑色的 099
白的 100

三角 101
四方形的 102
圓的 103

日期、時間

日期 105
週 106
月 107
年 108
時間 109
分 110
早上 111
白天、中午 112
晚上 113
星期… 114
今天 115

職業

職員 117
專業師傅 118
廚師 119
醫生 120
公務員 121
家庭主婦 122
打工 123
自由業 124
店員 125
社長 126
無業 127

家族

父母 129
祖父母 130
兄弟姊妹 131
家人 132
堂兄弟姊妹、表兄弟姊妹 133
孩子 134
夫妻 135
伯伯、叔叔、舅舅 136
姪女 137
有親戚關係的 138
單身 139

個性

沉穩、安靜 141
親切 142
易怒的 143
內向的 144
有朝氣的、活潑的 145
開朗 146
安靜 147
愛説話 148
膽小 149
温吞、悠哉 150
正直、誠實、老實 151

家具

家具 153
椅子 154
桌子 155
架子、櫃子 156
地毯 157
床 158
壁紙 159
窗簾 160
小暖桌 161
浴缸 162
重新裝潢、翻修 163

生活用品

棉被 165
抱枕、靠枕 166
餐具 167
筷子 168
鍋子 169
香皂 170
牙刷 171
毛巾 172
月曆 173
時鐘 174
抹布 175
桶子、水桶 176
拖鞋 177

電器

電燈、照明 179

暖氣 180
冷氣 181
冰箱 182
微波爐 183
電視 184
電腦 185
咖啡機 186
剃刀、刮鬍刀 187
加濕器 188
吹風機 189

房間、格局

樓梯 191
電梯 192
門 193
窗戶 194
房間 195
浴室 196
廁所 197
廚房 198
客廳 199
陽台 200
院子 201

交通、交通工具

飛機 203
車子 204
船 205
電車、火車 206
公車、巴士 207
車站 208
車票 209
費用 210
換車 211
來回 212
通勤 213

街道、建物

道路、馬路 215
路口 216
斑馬線 217
電影院 218
大樓 219
停車場 220
警察局 221
醫院 222

公寓 223
圖書館 224
郵局 225

大自然風景

天空 227
海洋 228
山 229
島 230
河、川 231
瀑布 232
森林 233
土地 234
草原 235
湖 236
溪谷 237

植物、水果、蔬菜

植物 239
水果 240
蔬菜 241
小黃瓜 242
樹、木 243
花 244
草 245
豆 246
菜園 247
園藝 248
有機 249

動物

動物 251
昆蟲 252
魚 253
鳥 254
豬 255
猴子 256
兔子 257
烏龜 258
蛙 259
羊 260
狗 261
貓 262
牛 263

人體

人類 265
頭 266
臉 267
身體 268
胸 269
肚子 270
手 271
腳 272
肌肉 273
體重 274
身高 275

受傷、生病

生病 277
傷、傷口 278
感冒 279
傷、傷口、傷痕 280
過敏 281
發燒 282
頭痛 283
燙傷、燒傷 284
文明病 285
肥胖 286
肚子痛 287

宇宙

地球 289
月亮 290
太陽 291
星座 292
星球 293
太空人 294
流星 295
火箭 296
星星、星球 297

衣物

外套、大衣 299
西裝、套裝 300
裙子 301
褲子 302
襯衫 303
鞋子 304

首飾、配件 305
睡衣 306
帽子 307
圍巾 308
眼鏡 309

購物

百貨公司 311
購物中心 312
商店街 313
攤販 314
書店 315
家庭五金量販店 316
便當店 317
賣場 318
蔬菜店 319
超市 320
便利商店 321

動詞

工作 323
休息 324
念書 325
去 326
回來、回去 327
來 328
吃 329
喝 330
看 331
買 332
寫 333
讀、念 334
聽、問 335
見面、遇到 336
拿 337

興趣

讀書 339
旅行 340
電影 341
散步 342
手工藝 343
照相、照片 344
登山 345
釣魚 346

露營 347
兜風 348

問候、自我介紹

▶名前（なまえ）

na.ma.e.

名字

說明 詢問對方名字時，可以在「名前（なまえ）」前面加上「お」，表示禮貌。介紹自己名字時，則不必加上「お」。

例句

例 お名前（なまえ）をお聞（き）かせいただけますか。

o.na.ma.e.o./o.ki.ka.se./i.ta.da.ke.ma.su.ka.

可以請問您的大名嗎？

例 私（わたし）の名前（なまえ）は前田明子（まえだあきこ）です。

wa.ta.shi.no./na.ma.e.wa./ma.e.da./a.ki.ko./de.su.

我的名字是前田明子。

相關單字

苗字（みょうじ） myo.u.ji.	姓
呼び名（よびな） yo.bi.na.	稱呼
あだ名（な） a.da.na.	綽號
本名（ほんみょう） ho.n.myo.u.	本名

▶失礼（しつれい）

shi.tsu.re.i.

失禮、抱歉

說明 「失礼（しつれい）」可以用在很多情況，通常是覺得會打擾對方，或是造成對方不便時。另外在借過、先退席之類的場合，會說「失礼（しつれい）します」來表示歉意。

例句

例 失礼（しつれい）しました。

shi.tsu.re.i./shi.ma.shi.ta.

抱歉了。/打擾了。

例 それでは失礼（しつれい）します。

so.re.de.wa./shi.tsu.re.i./shi.ma.su.

那麼，我就先告辭了。(用於退席或離開時)

相關單字

不行き届き（ふゆきとどき） fu.yu.ki./to.do.ki.	不週到
僭越（せんえつ） se.n.e.tsu.	僭越
不謹慎（ふきんしん） fu.ki.n.shi.n.	輕率
失敬（しっけい） shi.kke.i.	失敬

▸はじめまして

ha.ji.me.ma.shi.te.

初次見面

說明 在初次見面時，會說「はじめまして」表示「初次見面，請多指教」。

例句

例 はじめまして、田中(たなか)と申(もう)します。
ha.ji.me.ma.shi.te./ta.na.ka.to./mo.u.shi.ma.su.
初次見面，我叫田中。

例 はじめまして、どうぞよろしくお願(ねが)いいたします。
ha.ji.me.ma.shi.te./do.u.zo./yo.ro.shi.ku./o.ne.ga.i./i.ta.shi.ma.su.
初次見面，請多多指教。

相關單字

お初(はつ)にお目(め)にかかります　初次見面
o.ha.tsu.ni./o.me.ni./ka.ka.ri.ma.su.

初(はじ)めてお会(あ)いします　初次見面
ha.ji.me.te./o.a.i./shi.ma.su.

お目(め)にかかります　見面、拜訪
o.me.ni./ka.ka.ri.ma.su.

▶どうぞ

do.u.zo.

請

說明 「どうぞ」和中文裡的「請」意思相同，用法也和中文裡的用法大致相同。

例　句

例 どうぞよろしく。

do.u.zo./yo.ro.shi.ku.

請多指教。

例 どうぞお掛(か)けください。

do.u.zo./o.ka.ke./ku.da.sa.i.

請坐。

相關單字

ご遠慮(えんりょ)なく go.e.n.ryo.na.ku.	請不要客氣
お好(す)きなように o.su.ki.na.yo.u.ni.	依你所想的
お楽(らく)に o.ra.ku.ni.	請不要感覺拘謹
ご随意(ずいい)に go.zu.i.i.ni.	請自便

▶ありがとう

a.ri.ga.to.u.

謝謝

說明 謝謝有許多說法，最常見的就是「ありがとう」。如果比較尊敬、禮貌的說法則是「ありがとうございます」，非正式的說法是「どうも」。

例句

例 ありがとうございます。

a.ri.ga.to.u./go.za.i.ma.su.

謝謝。

例 本当（ほんとう）にありがとう。

ho.n.to.u.ni./a.ri.ga.to.u.

真的很謝謝

相關單字

どうも do.u.mo.	謝謝
サンキュー sa.n.kyu.u.	謝謝
感謝（かんしゃ）します ka.n.sha.shi.ma.su.	很感謝
お礼（れい）を言（い）う o.re.i.o./i.u.	道謝

▶どういたしまして

do.u.i.ta.shi.ma.shi.te.

不客氣

說明「どういたしまして」是收到別人的感謝時，表示「不客氣」的意思。也可以說「いいえ」。

例句

A 大変(たいへん)お世話(せわ)になりました。ありがとうございます。

ta.i.he.n./o.se.wa.ni./na.ri.ma.shi.ta./a.ri.ga.to.u./go.za.i.ma.su.

受你很多幫助，謝謝。

B いいえ、どういたしまして。

i.i.e./do.u.i.ta.shi.ma.shi.te.

哪裡，不客氣。

相關單字

いいえ i.i.e.	沒什麼、不
お気(き)になさらず o.ki.ni./na.sa.ra.zu.	別在意

▶すみません

su.mi.ma.se.n.

對不起

說明「すみません」也可以說成「すいません」，除了這個說法，較不正式的場合可以說「ごめん」、「悪(わる)い」，正式有禮貌的說法則是「申(もう)し訳(わけ)ありません」。

例句

例 ご迷惑(めいわく)をおかけしてすみません。

go.me.i.wa.ku.o./o.ka.ke.shi.te./su.mi.ma.se.n.

造成你的困擾很抱歉。

例 遅(おく)れてすみません。

o.ku.re.te./su.mi.ma.se.n.

對不起我遲到了。

相關單字

ごめんなさい go.me.n.na.sa.i.	對不起
申(もう)し訳(わけ)ありません mo.u.shi.wa.ke./a.ri.ma.se.n.	很抱歉
悪(わる)い wa.ru.i.	對不起
すいません su.i.ma.se.n.	對不起

▶さようなら

sa.yo.u.na.ra.

再見

說明 「さようなら」是用在要長久分別之前，如果是不久後就會再見面的情況，則會說「またね」或「バイバイ」。

例　句

例 では、さようなら。
de.wa./sa.yo.u.na.ra.
那麼，再見了。

例 さようなら、どうぞお先(さき)に。
sa.yo.u.na.ra./do.u.zo./o.sa.ki.ni.
再見，你先請(離開)吧。

相關單字

またね ma.ta.ne.	再見、待會兒見
バイバイ ba.i.ba.i.	再見、**bye-bye**
じゃね ja.ne.	再見、待會見

▸ください

ku.da.sa.i.

請

說明 「ください」是請的意思，有請對方做某件事，或是請對方給自己某樣東西的時候，用來表達自己要求的單字。

例句

例 ハンバーガー1(ひと)つください。

ha.n.ba.a.ga.a./hi.to.tsu./ku.da.sa.i.

請給我一個漢堡。

例 窓(まど)を閉(し)めてください。

ma.do.o./shi.me.te./ku.da.sa.i.

請把窗戶關起來。

相關單字

お願(ねが)い o.ne.ga.i.	拜託
頼(たの)みます ta.no.mi.ma.su.	請託
頂戴(ちょうだい) cho.u.da.i.	幫我…、給我…
ほしい ho.shi.i.	希望(對方做什麼)

▸お願いします

o.ne.ga.i./shi.ma.su.

拜託

說明「お願いします」是用在表達請求時，表示拜託、請求的意思。

例　句

例 なんとかお願いします。
na.n.to.ka./o.ne.ga.i.shi.ma.su.
無論如何請幫幫忙。

例 あとは、よろしくお願いします。
a.to.wa./yo.ro.shi.ku./o.ne.ga.i./shi.ma.su.
接下來就拜託你了。

相關單字

よろしく yo.ro.shi.ku.	拜託
お願いいたします o.ne.ga.i./i.ta.shi.ma.su.	拜託
お願い申しあげます o.ne.ga.i./mo.u.shi.a.ge.ma.su.	拜託

▶こんにちは

ko.n.ni.chi.wa.

你好

說明 「こんにちは」是除了早上和晚上，見面時打招呼用的句子。如果是早上見面時會說「おはよう」，晚上見面會說「こんばんは」。

例　句

例 こんにちは。今日(きょう)はいい天気(てんき)ですね。
ko.n.ni.chi.wa./kyo.u.wa./i.i.te.n.ki./de.su.ne.
你好，今天天氣真好。

例 こんにちは。最近(さいきん)どうですか。
ko.n.ni.chi.wa./sa.i.ki.n./do.u.de.su.ka.
你好，最近過得如何？

相關單字

おはよう o.ha.yo.u.	早安
こんばんは ko.n.ba.n.wa.	晚安(晚上碰面時)
おやすみなさい o.ya.su.mi.na.sa.i.	晚安(睡覺前)
ひさしぶり hi.sa.shi.bu.ri.	好久不見

發問、回答

だれ
▶ **誰**

da.re.

誰

說明 「誰（だれ）」是用來問人的身分、名字。

例句

例 誰（だれ）が来（き）たと思（おも）いますか。

da.re.ga./ki.ta.to./o.mo.i.ma.su.ka.

你猜是誰來了？

例 これは誰（だれ）のジャケットですか。

ko.re.wa./da.re.no./ja.ke.tto./de.su.ka.

這是誰的外套呢？

相關單字

何者（なにもの） na.ni.mo.no.	什麼人
どなた do.na.ta.	哪位
どちらさま do.chi.ra.sa.ma.	哪位

▸どんな

do.n.na.

什麼樣的

說明 「どんな」是用於對某事物感到好奇，問「什麼樣的」、「怎麼樣的」、「如何的」之類的情況。

例句

例 どんな会社（かいしゃ）ですか。

do.n.na./ka.i.sha./de.su.ka.

是什麼樣的公司呢？

例 どんな様子（ようす）の人（ひと）ですか。

do.n.na./yo.u.su.no./hi.to./de.su.ka.

是怎麼樣打扮的人呢？

相關單字

どんな do.n.na.	怎麼樣的
どういった do.u.i.tta.	怎麼樣的
どのような do.no.yo.u.na.	怎麼樣的
どういう do.u.i.u.	怎麼樣的

▸いくつ

i.ku.tsu.

幾個、幾歲

說明「いくつ」是用來詢問物品的數量，也可以用來詢問年紀。

例句

例 この箱(はこ)にみかんがいくつ入(はい)っていますか。

ko.no.ha.ko.ni./mi.ka.n.ga./i.ku.tsu./ha.i.tte./i.ma.su.ka.

這個箱子裡面放了幾個橘子呢？

例 お子(こ)さんはおいくつですか。

o.ko.sa.n.wa./o.i.ku.tsu./de.su.ka.

請問您的孩子幾歲了呢？

相關單字

何個(なんこ) na.n.ko.	幾個
何歳(なんさい) na.n.sa.i.	幾歲
どのくらい do.no.ku.ra.i.	大約多少(個)
いくら i.ku.ra.	多少(量)、多少錢

▶ 何(なに)

na.ni.

什麼

說明 「何(なに)」是「什麼」的意思，用來詢問事、物。

例句

例 小説(しょうせつ)で何(なに)が一番(いちばん)好(す)きですか。

sho.u.se.tsu.de./na.ni.ga./i.chi.ba.n./su.ki.de.su.ka.

最喜歡的小説是什麼？

例 何(なに)を探(さが)していますか。

na.ni.o./sa.ga.shi.te./i.ma.su.ka.

你在找什麼？

相關單字

どんな do.n.na.	什麼樣的
どうして do.u.shi.te.	為什麼
何(なに)ごと na.ni.go.to.	什麼事
何(なん)の na.n.no.	什麼樣的

▸いつ

i.tsu.

什麼時候

說明 「いつ」是用來詢問日期、時間。

例句

例 それはいつのことですか。

so.re.wa./i.tsu.no./ko.to./de.su.ka.

那是什麼時候的事？

例 いつ起(お)きましたか。

i.tsu./o.ki.ma.shi.ta.ka.

什麼時候發生的？

相關單字

何時(なんじ) na.n.ji.	幾點
何日(なんにち) na.n.ni.chi.	幾日
何曜日(なんようび) na.n.yo.u.bi.	星期幾
何月(なんがつ) na.n.ga.tsu.	幾月

▶いくら

i.ku.ra.

多少、多少錢

說明 不清楚價格或是數量的時候，可以用疑問詞「いくら」來詢問。

例句

例 それをいくらで買(か)いましたか。

so.re.o./i.ku.ra.de./ka.i.ma.shi.ta.ka.

那是用多少錢買的？

例 このかばんの重(おも)さはいくらありますか。

ko.no.ka.ba.n.no./o.mo.sa.wa./i.ku.ra./a.ri.ma.su.ka.

那個包包有多重？

相關單字

どれほど do.re.ho.do.	大約多少
どれくらい do.re.ku.ra.i.	大約多少
どのくらい do.no.ku.ra.i.	大約多少
いくらくらい i.ku.ra.ku.ra.i.	大約多少

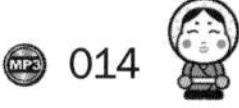

▶どの

do.no.

哪個

說明「どの」是在多個選擇中，詢問是哪一個。

例句

例 どの駅(えき)で降(お)りるのですか。

do.no.e.ki.de./o.ri.ru.no./de.su.ka.

要在哪一站下車呢？

例 どの辺(へん)にお住(す)まいですか。

do.no.he.n.ni./o.su.ma.i./de.su.ka.

請問你住在哪邊呢？

相關單字

何(なん)の na.n.no.	什麼的、什麼樣的
どれ do.re.	哪一個
どっち do.cchi.	哪一個(二選一)
どちら do.chi.ra.	哪一個

▶どこ

do.ko.

哪邊、哪裡

說明「どこ」是用在詢問地點、位置時使用。較禮貌的說法是「どちら」。

例句

例 ここはどこですか。
ko.ko.wa./do.ko.de.su.ka.
這裡是哪裡呢？

例 どこの店(みせ)で買(か)ったのですか。
do.ko.no./mi.se.de./ka.tta.no./de.su.ka.
這是在哪邊的店買的呢？

相關單字

どちら do.chi.ra.	哪裡、哪邊
いずこ i.zu.ko.	哪邊、哪裡
どこいら辺(へん) do.ko.i.ra.he.n.	哪邊
どの辺(へん) do.no.he.n.	哪邊

▸どっち

do.cchi.

哪一個

說明「どっち」是用在只有2個選擇時，詢問對方要選擇其中的哪一個時使用。如果是多個選擇的話，就用「どれ」、「どの」。

例句

例 どっちのケーキが好(す)きですか。

do.cchi.no./ke.e.ki.ga./su.ki.de.su.ka.

你喜歡哪一個蛋糕？

例 どっちがどっちか見分(みわ)けがつきません。

do.cchi.ga./do.cchi.ka./mi.wa.ke.ga./tsu.ki.ma.se.n.

分不出來哪個是哪個。

相關單字

どれ do.re.	哪一個
どちら do.chi.ra.	哪一個
どれも do.re.mo.	哪個都

▶どう

do.u.

怎麼樣、怎麼

說明 「どう」是用於詢問事物的情況、程度，或是問對方的想法、做法。較禮貌的說法是「いかが」。

例句

例 どう思(おも)いますか。
do.u./o.mo.i.ma.su.ka.
你覺得如何？

例 今朝(けさ)の気分(きぶん)はどうですか。
ke.sa.no./ki.bu.n.wa./do.u.de.su.ka.
今天早上感覺怎麼樣？

相關單字

いかが i.ka.ga.	如何
どのように do.no.yo.u.ni.	怎麼樣的
どんなふうに do.n.na.fu.u.ni.	怎麼樣的
どういうふうに do.u.i.u.fu.u.ni.	怎麼樣的

▸なんで

na.n.de.

為什麼

說明「なんで」是用來詢問原因、理由；比較文言的說法是「なぜ」。

例句

例 なんで遅刻(ちこく)しましたか。

na.n.de./chi.ko.ku./shi.ma.shi.ta.ka.

為什麼遲到了呢？

例 なんで彼(かれ)のことが嫌(きら)いですか。

na.n.de./ka.re.no./ko.to.ga./ki.ra.i./de.su.ka.

為什麼不喜歡他呢？

相關單字

どうして do.u.shi.te.	為什麼
なぜ na.ze.	為什麼
訳(わけ) wa.ke.	理由、藉口
理由(りゆう) ri.yu.u.	理由

▶はい

ha.i.

好、對

說明 「はい」是用於回應對方。表示「對」、「好」，還有點名時表示「我在」，都是使用「はい」。對朋友等較非正式的說法，是「うん」。

例句

例 はい、分(わ)かりました。
ha.i./wa.ka.ri.ma.shi.ta.
好的，我知道了。

例 はい、それで結構(けっこう)です。
ha.i./so.re.de./ke.kko.u.de.su.
好了，可以了。

相關單字

うん。 u.n.	對、好
賛成(さんせい) sa.n.se.i.	贊成
オッケー o.kke.e.	好、**OK**
いいよ i.i.yo.	好啊、可以啊

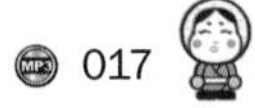

▶いいえ

i.i.e.

沒有、不是

說明「いいえ」用於回答時，表示否定的意思。非正式的說法是「ううん」或「いや」。

例句

例 いいえ、知(し)りません。
i.i.e./shi.ri.ma.se.n.
不，我不知道。

例 いいえ、ここじゃないです。
i.i.e./ko.ko.ja.na.i.de.su.
不，不是這裡。

相關單字

違(ちが)います chi.ga.i.ma.su.	不是、不同
ううん u.u.n.	不是、不
いや i.ya.	不

空間、位置

▶中（なか）

na.ka.

裡面、內部

說明 「中（なか）」是表示空間或物體的「裡面」之意。若是要表示排列上「中間」的意思，則是「真ん中（まなか）」或「間（あいだ）」。

例句

例 箱（はこ）の中（なか）に何（なに）が入（はい）っていますか。

ha.ko.no./na.ka.ni./na.ni.ga./ha.i.tte./i.ma.su.ka.

箱子裡裝了什麼？

例 中（なか）に入（はい）ってもいいですか。

na.ka.ni./ha.i.tte.mo./i.i.de.su.ka.

可以進去裡面嗎？

相關單字

うち u.chi.	…之中、裡面
真ん中（まなか） ma.n.na.ka.	正中央
内側（うちがわ） u.chi.ga.wa.	裡面、內測
間（あいだ） a.i.da.	(數個東西)之間、中間

▶ 外（そと）

so.to.

外面

說明 「外（そと）」是表示空間的外面、外側。

例句

例 窓（まど）から外（そと）を見（み）ます。

ma.do.ka.ra./so.to.o./mi.ma.su.

從窗子看出去。

例 外（そと）で遊（あそ）びます。

so.to.de./a.so.bi.ma.su.

在外面玩。

相關單字

外側（そとがわ） so.to.ga.wa.	外側
戸外（こがい） ko.ga.i.	戶外
表面（ひょうめん） hyo.u.me.n.	表面
表（おもて） o.mo.te.	表面、上側、外面

▶ 上
u.e.
上面

說明 「上」是表示空間位置的「上面」、「表面」，也可以用來表示抽象的上下關係。

例句

例 その帽子は棚の上から3段目にあります。

so.no.bo.u.shi.wa./ta.na.no.u.e.ka.ra./sa.n.da.n.me.ni./a.ri.ma.su.

那頂帽子放在架子從上數來第3層。

例 池の上に氷が張っています。

i.ke.no.u.e.ni./ko.o.ri.ga./ha.tte.i.ma.su.

池塘的表面上結了一層冰。

相關單字

表面 hyo.u.me.n.	表面
上段 jo.u.da.n.	上層、上半部
上部 jo.u.bu.	上半部
高い ta.ka.i.	高的

▶ 下（した）
shi.ta.
下面

說明 「下（した）」表示空間位置的「下面」、「下層」之意，也可以用來表示抽象的上下關係。

例句

例 椅子（いす）の下（した）に猫（ねこ）がいます。
i.su.no.shi.ta.ni./ne.ko.ga./i.ma.su.
椅子下面有貓。

例 木（き）の下（した）から空（そら）を見上（みあ）げます。
ki.no.shi.ta.ka.ra./so.ra.o./mi.a.ge.ma.su.
從樹下抬頭看天空。

相關單字

底（そこ） so.ko.	底部、底端
直下（ちょっか） cho.kka.	正下方
低（ひく）い hi.ku.i.	低的
下方（かほう） ka.ho.u.	下端、下方

▶ 右（みぎ）

mi.gi.

右

說明 「右（みぎ）」用來表示方向的「右邊」。

例句

例 右（みぎ）に見（み）えるあの建物（たてもの）は銀行（ぎんこう）です。

mi.gi.ni./mi.e.ru./a.no./ta.te.mo.no.wa./gi.n.ko.u.de.su.

在右邊看到的建築物是銀行。

例 角（かど）を右（みぎ）に曲（ま）がります。

ka.do.o./mi.gi.ni./ma.ga.ri.ma.su.

在轉角往右轉。

相關單字

右手（みぎて） mi.gi.te.	右手
右折（うせつ） u.se.tsu.	右轉
右側（みぎがわ） mi.gi.ga.wa.	右側
右方（うほう） u.ho.u.	右方

ひだり
▶左

hi.da.ri.

左

說明「左(ひだり)」用來表示方向的「左邊」。

例句

例 机(つくえ)の左(ひだり)に立(た)ちなさい。

tsu.ku.e.no./hi.da.ri.ni./ta.chi.na.sa.i.

請站在桌子的左邊。

例 左(ひだり)から3人目(さんにんめ)が私(わたし)の兄(あに)です。

hi.da.ri.ka.ra./sa.n.ni.n.me.ga./wa.ta.shi.no./a.ni.de.su.

從左數過來第3個人是我哥哥。

相關單字

左手(ひだりて) hi.da.ri.te.	左手
左折(させつ) sa.se.tsu.	左轉
左側(ひだりがわ) hi.da.ri.ga.wa.	左側
左方(さほう) sa.ho.u.	左邊

▶ 前（まえ）

ma.e.

前面、前方

說明 「前（まえ）」表示「前面」、「前方」之意。

例句

例 前（まえ）に進（すす）みます。

ma.e.ni./su.su.mi.ma.su.

向前進。

例 前（まえ）から3番目（さんばんめ）の席（せき）です。

ma.e.ka.ra./sa.n.ba.n.me.no./se.ki.de.su.

從前面數來第3個位子。

相關單字

正面（しょうめん） sho.u.me.n.	正面
目（め）の前（まえ） me.no.ma.e.	眼前
駅前（えきまえ） e.ki.ma.e.	車站前面
手前（てまえ） te.ma.e.	眼前

▶ 後ろ（うしろ）

u.shi.ro.

後面

說明 「後ろ（うし）」表示空間位置的「後面」。

例句

例 彼（かれ）は椅子（いす）の後ろ（うし）に立（た）っています。
ka.re.wa./i.su.no./u.shi.ro.ni./ta.tte./i.ma.su.
他站在椅子後面。

例 後ろ（うし）の席（せき）はまだ空（あ）いています。
u.shi.ro.no./se.ki.wa./ma.da./a.i.te.i.ma.su.
後面的位子還空著。

相關單字

背後（はいご） ha.i.go.	背後
裏（うら） u.ra.	反面、背面、裡面
最後（さいご） sa.i.go.	最後

▶ 手前（てまえ）

te.ma.e.

眼前、前方

說明 「手前」是表示在眼前，或是很近距離的前方。和「前」不同的是，「手前」的距離更短，更有近在眼前的感覺。

例句

例 郵便局の手前を左へ曲がってください。
yu.u.bi.n.kyo.ku.no./te.ma.e.o./hi.da.ri.e./ma.ga.tte./ku.da.sa.i.
請在郵局前面向左轉。

例 京都より1つ手前の駅で降りました。
kyo.u.to.yo.ri./hi.to.tsu.ma.e.no./e.ki.de./o.ri.ma.shi.ta.
在京都前一站下車了。

相關單字

こちら ko.chi.ra.	這裡
こちら側 ko.chi.ra.ga.wa.	這一側
前 ma.e.	前面
寄りつき yo.ri.tsu.ki.	靠近

おく
▶ 奥

o.ku.

裡面、深處

說明「奥（おく）」表示事物的「裡面」、「深處」之意。

例　句

例 ジャングルの奥（おく）へと進（すす）みます。

ja.n.gu.ru.no./o.ku.e.to./su.su.mi.ma.su.

往叢林的深處前進。

例 3号室（さんごうしつ）は一番奥（いちばんおく）の部屋（へや）です。

sa.n.go.u.shi.tsu.wa./i.chi.ba.n./o.ku.no./he.ya.de.su.

3號房是最裡面的那間。

相關單字

底（そこ） so.ko.	底部
隅（すみ） su.mi.	角落
内部（ないぶ） na.i.bu.	內部
中（なか） na.ka.	裡面

▸ 向（む）こう

mu.ko.u.

較遠的前方

說明 「向（む）こう」雖然也有「前方」的意思，但是指的是比「前方」更遠的地方。或者是指隔著某樣東西的另一邊。

例句

例 向（む）こうを向（む）いてください。

mu.ko.u.o./mu.i.te./ku.da.sa.i.

請向著另一邊。

例 向（む）こうへ行（い）きなさい。

mu.ko.u.e./i.ki.na.sa.i.

到另一邊去。

相關單字

向（む）こう側（がわ） mu.ko.u.ga.wa.	遠方、前方
あちら側（がわ） a.chi.ra.ga.wa.	(較遠的)那邊
あっち側（がわ） a.cchi.ga.wa.	(較遠的)那邊
反対側（はんたいがわ） ha.n.ta.i.ga.wa.	對面

天氣、天災

▶晴れ

ha.re.

晴天

說明 「晴れ」是名詞，若是動詞，則為「晴れる」。「晴れのち曇り」指的是晴天之後轉為多雲的天氣。

例句

例 明日は晴れでしょう。

a.shi.ta.wa./ha.re./de.sho.u.

明天是晴天。

例 晴れのち曇りの天気です。

ha.re.no.chi./ku.mo.ri.no./te.n.ki.de.su.

晴轉多雲的天氣。

相關單字

いい天気 i.i.te.n.ki.	好天氣
うららかな u.ra.ra.ka.na.	晴朗的
快晴 ka.i.se.i.	晴朗、萬里無雲
晴れ上がります ha.re.a.ga.ri.ma.su.	放晴

あめ
▶雨

a.me.

雨

說明 日本也有梅雨季，在日本，梅雨叫做「梅雨（つゆ）」，每年會有「梅雨前線（ばいうぜんせん）」，預測日本全國各地梅雨開始的時間。另外，梅雨季結束就做「梅雨明け（つゆあけ）」。

例句

例 雨（あめ）が降（ふ）り始（はじ）めました。
a.me.ga./fu.ri.ha.ji.me.ma.shi.ta.
開始下雨了。

例 雨（あめ）がやみました。
a.me.ga./ya.mi.ma.shi.ta.
雨停了。

相關單字

霧雨（きりさめ） ki.ri.sa.me.	毛毛細雨
梅雨（つゆ） tsu.yu.	梅雨
雷雨（らいう） ra.i.u.	雷雨
大雨（おおあめ） o.o.a.me.	大雨

▶ 曇（くも）り

ku.mo.ri.

陰天

說明 「曇（くも）り」是多雲之意，動詞是「曇（くも）る」，有多雲、起霧之意。

例句

例 今日（きょう）は曇（くも）りです。

kyo.u.wa./ku.mo.ri./de.su.

今天是陰天。

例 曇（くも）りのち晴（は）れ。

ku.mo.ri.no.chi.ha.re.

多雲後放晴。

相關單字

曇（くも）り空（そら） ku.mo.ri.so.ra.	陰天、多雲
曇天（どんてん） do.n.te.n.	陰天
どんより do.n.yo.ri.	陰暗的、多雲的
雲行（くもゆ）き ku.mo.yu.ki.	雲的走向

▶ 寒(さむ)い

sa.mu.i.

冷的

說明 「寒(さむ)い」是指氣溫上的寒冷，若是感覺涼爽，則是說「涼(すず)しい」。指物體、飲料冰冷，則是用「冷(つめ)たい」。另外，形容氣氛尷尬冷場，也可以用「寒(さむ)い」。

例句

例 寒(さむ)くてたまりません。

sa.mu.ku.te./ta.ma.ri.ma.se.n.

冷到受不了。

例 すっかり寒(さむ)くなりました。

su.kka.ri./sa.mu.ku./na.ri.ma.shi.ta.

徹底變冷了。

相關單字

肌寒(はださむ)い ha.da.sa.mu.i.	感到涼意
冷(つめ)たい tsu.me.ta.i.	冰冷
冷(ひ)え込(こ)みます hi.e.ko.mi.ma.su.	變冷
寒気(かんき) ka.n.ki.	涼意

▸暑い

a.tsu.i.

熱的

說明 「暑い」是指天氣熱、氣溫高。如果是指人很熱情，或是物體很燙，則是用同樣發音但不同漢字的「熱い」。另外，氣候溫暖，是用「暖かい」。

例句

例 倉庫の中は暑かったです。

so.u.ko.no.na.ka.wa./a.tsu.ka.tta.de.su.

倉庫裡很熱。

例 なんて暑い夜でしょう。

na.n.te./a.tsu.i./yo.ru.de.sho.u.

真是個炎熱的夜晚。

相關單字

暑苦しい a.tsu.ku.ru.shi.i.	熱得難受
蒸し暑い mu.shi.a.tsu.i.	悶熱
猛暑 mo.u.sho.	盛夏
炎天下 e.n.te.n.ka.	非常炎熱的天氣

▶季節（きせつ）

ki.se.tsu.

季節

說明 日本的天氣四季分明，春夏秋冬各有其特色，春天賞櫻叫「お花見（はなみ）」；秋天賞楓則稱為「紅葉狩り（もみじがり）」。

例句

例 柿（かき）は今（いま）が季節（きせつ）です。

ka.ki.wa./i.ma.ga./ki.se.tsu.de.su.

柿子正當季。

例 季節（きせつ）の変（か）わり目（め）に体調（たいちょう）を崩（くず）しやすいです。

ki.se.tsu.no./ka.wa.ri.me.ni./ta.i.cho.u.o./ku.zu.shi.ya.su.i.de.su.

季節交接的時期，身體容易出狀況。

相關單字

春（はる） ha.ru.	春天
夏（なつ） na.tsu.	夏天
秋（あき） a.ki.	秋天
冬（ふゆ） fu.yu.	冬天

▶ 雪（ゆき）

yu.ki.

雪

說明 一年中的第一次降雪稱為「初雪（はつゆき）」，雪人是「雪（ゆき）だるま」，打雪仗則為「雪合戦（ゆきがっせん）」。

例句

例 ぼたん雪（ゆき）が降（ふ）っています。

bo.ta.n.yu.ki.ga./fu.tte.i.ma.su.

下著大片的雪花。

例 雪（ゆき）が10（じゅっ）センチ降（ふ）りました。

yu.ki.ga./ju.sse.n.chi./fu.ri.ma.shi.ta.

雪積了10公分。

相關單字

こな雪（ゆき） ko.na.yu.ki.	細雪
初雪（はつゆき） ha.tsu.yu.ki.	初雪
吹雪（ふぶき） fu.bu.ki.	暴風雪
残雪（ざんせつ） za.n.se.tsu.	殘雪、剩下的積雪

おんど
▶温度

o.n.do.

溫度

說明 形容溫度時溫度高用「高(たか)い」、溫度低用「低(ひく)い」。

例句

例 温度(おんど)が高(たか)いです。
o.n.do.ga./ta.ka.i.de.su.
溫度很高。

例 温度(おんど)を測(はか)ります。
o.n.do.o./ha.ka.ri.ma.su.
測量溫度。

相關單字

気温(きおん) ki.o.n.	氣溫
水温(すいおん) su.i.o.n.	水溫
体温(たいおん) ta.i.o.n.	體溫
寒暖(かんだん) ka.n.da.n.	冷暖

たいふう
▶台風

ta.i.fu.u.

颱風

說明 日本也有颱風，和台灣不同的是，日本是以編號的方式為颱風命名。

例　句

例 島（しま）は台風（たいふう）に襲（おそ）われました。

shi.ma.wa./ta.i.fu.u.ni./o.so.wa.re.ma.shi.ta.

颱風侵襲了島嶼。

例 台風（たいふう）は南方（なんぽう）海上（かいじょう）で発達（はったつ）しつつあります。

ta.i.fu.u.wa./na.n.po.u.ka.i.jo.u.de./ha.tta.tsu.shi.tsu.tsu.a.ri.ma.su.

颱風在南方的海上逐漸形成。

相關單字

暴風（ぼうふう） bo.u.fu.u.	暴風
暴風雨（ぼうふうう） bo.u.fu.u.u.	暴風雨
大荒（おおあ）れ o.o.a.re.	狂風暴雨
嵐（あらし） a.ra.shi.	暴風雨

▶ 風（かぜ）

ka.ze.

風

說明 風吹的動詞是「吹（ふ）きます」；風停的動詞是「やみます」。

例句

例 風（かぜ）がやみました。

ka.ze.ga./ya.mi.ma.shi.ta.

風停了。

例 帽子（ぼうし）を風（かぜ）に飛（と）ばされました。

bo.u.shi.o./ka.ze.ni./to.ba.sa.re.ma.shi.ta.

帽子被風吹走了。

相關單字

そよ風（かぜ） so.yo.ka.ze.	微風
木枯（こが）らし ko.ga.ra.shi.	秋末冬初時吹的冷風
寒風（かんぷう） ka.n.pu.u.	冷風
強風（きょうふう） kyo.u.fu.u.	強風

▶湿度（しつど）

shi.tsu.do.

濕度

說明 日本的濕度較低，氣候乾燥時要用「加湿器（かしつき）」；台灣濕度較高，用的是「除湿機（じょしつき）」。

例句

例 湿度（しつど）が高（たか）いです。

shi.tsu.do.ga./ta.ka.i.de.su.

濕度高。

例 湿度（しつど）が低（ひく）ければ暑（あつ）さもしのぎやすいです。

shi.tsu.do.ga./hi.ku.ke.re.ba./a.tsu.sa.mo./shi.no.gi.ya.su.i.de.su.

濕度低的話，就比較能忍受炎熱。

相關單字

ウェット we.tto.	濕度
湿気（しっき） shi.kki.	濕氣、濕度
しっとり shi.tto.ri.	濕潤的
からっと ka.ra.tto.	乾燥的

食物

▶ 食べ物

ta.be.mo.no.

食物

說明 「食べ物」泛指所有食物；專指菜餚的話，則是「料理」。

例句

例 あのホテルの食べ物は美味しいです。

a.no.ho.te.ru.no./ta.be.mo.no.wa./o.i.shi.i.de.su.

那間飯店的食物很好吃。

例 彼女は食べ物にはうるさいです。

ka.no.jo.wa./ta.be.mo.no.ni.wa./u.ru.sa.i.de.su.

她對食物很挑剔。

相關單字

食品 sho.ku.hi.n.	食品
料理 ryo.u.ri.	菜餚、料理
加工食品 ka.ko.u.sho.ku.hi.n.	加工食品
ダイエット食品 da.i.e.tto.sho.ku.hi.n.	減肥食品

▶ 肉（にく）

ni.ku.

肉

說明 「肉（にく）」泛指肉類，「魚介類（ぎょかいるい）」則為海鮮類。

例句

例 肉（にく）はウェルダンが好（す）きです。

ni.ku.wa./we.ru.da.n.ga./su.ki.de.su.

我喜歡全熟的肉。

例 この肉（にく）は柔（やわ）らかいです。

ko.no.ni.ku.wa./ya.wa.ra.ka.i.de.su.

這個肉很嫩。

相關單字

魚（さかな） sa.ka.na.	魚
牛肉（ぎゅうにく） gyu.u.ni.ku.	牛肉
豚肉（ぶたにく） bu.ta.ni.ku.	豬肉
鳥肉（とりにく） to.ri.ni.ku.	雞肉

▶ 米（こめ）

ko.me.

米

說明 常見的米食有「白ご飯（しろごはん）」(白米飯)、「おにぎり」(御飯糰)、「炊きご飯（たきごはん）」(炊飯)、「丼（どんぶり）」(丼飯)。

例句

例 米（こめ）をとぎます。

ko.me.o./to.gi.ma.su.

淘米。

例 お米（こめ）が好（す）きです。

o.ko.me.ga./su.ki.de.su.

喜歡吃米飯。

相關單字

新米（しんまい） shi.n.ma.i.	新米
玄米（げんまい） ge.n.ma.i.	玄米
もち米（ごめ） mo.chi.go.me.	糯米
五穀米（ごこくまい） go.ko.ku.ma.i.	五穀米

▶ 麵（めん）

me.n.

麵

說明 常見的麵類料理有烏龍麵「うどん」、拉麵「ラーメン」、蕎麥麵「そば」、義大利麵「パスタ」。

例句

例 麵料理（めんりょうり）が好（す）きです。

me.n.ryo.u.ri.ga./su.ki.de.su.

我喜歡麵食。

例 麵（めん）をゆでます。

me.n.o./yu.de.ma.su.

煮麵條。

相關單字

麵類（めんるい） me.n.ru.i.	麵類
うどん u.do.n.	烏龍麵
ラーメン ra.a.me.n.	拉麵
そば so.ba.	蕎麥麵

食事（しょくじ）

sho.ku.ji.

餐

說明 「食事（しょくじ）」泛指三餐及所有的用餐。餐和餐之類的點心，叫做「間食（かんしょく）」，宵夜則是「夜食（やしょく）」。

例句

例 食事（しょくじ）の用意（ようい）ができました。

sho.ku.ji.no./yo.u.i.ga./de.ki.ma.shi.ta.

餐點準備好了。

例 彼（かれ）は今（いま）食事中（しょくじちゅう）です。

ka.re.wa./i.ma./sho.ku.ji.chu.u.de.su.

他正在吃飯。

相關單字

ご飯（はん） go.ha.n.	飯、餐飲
朝食（ちょうしょく） cho.u.sho.ku.	早餐
昼食（ちゅうしょく） chu.u.sho.ku.	午餐
晩御飯（ばんごはん） ba.n.go.ha.n.	晚餐

▸ 和食（わしょく）

wa.sho.ku.

日式料理

說明 「和食（わしょく）」指的是純正的日本料理。在日本的觀念裡，「ラーメン」是屬於中華料理，蛋包飯一類則是屬於洋食。

例句

例 和食（わしょく）が好（す）きです。

wa.sho.ku.ga./su.ki.de.su.

我喜歡日式料理。

例 和食（わしょく）は美味（おい）しいです。

wa.sho.ku.wa./o.i.shi.i.de.su.

日式料理很美味。

相關單字

日本料理（にほんりょうり） ni.ho.n.ryo.u.ri.	日本料理
日本食（にほんしょく） ni.ho.n.sho.ku.	日本料理
郷土料理（きょうどりょうり） kyo.u.do.ryo.u.ri.	當地料理
B級（きゅう）グルメ bi.kyu.u.gu.ru.me.	平價美食

▶洋食（ようしょく）

yo.u.sho.ku.

洋食、西洋料理

說明 日文中指的「洋食（ようしょく）」，是蛋包飯、咖哩、漢堡排、炸蝦等異國料理。

例句

例 私（わたし）は洋食（ようしょく）が好（す）きです。

wa.ta.shi.wa./yo.u.sho.ku.ga./su.ki.de.su.

我喜歡吃洋食。

例 洋食（ようしょく）で一番（いちばん）好（す）きなのはオムライスです。

yo.u.sho.ku.de./i.chi.ba.n.su.ki.na.no.wa./o.mu.ra.i.su.de.su.

洋食裡最喜歡的是蛋包飯。

相關單字

外国料理（がいこくりょうり） ga.i.ko.ku.ryo.u.ri.	異國料理
中華料理（ちゅうかりょうり） chu.u.ka.ryo.u.ri.	中華料理
イタリア料理（りょうり） i.ta.ri.a.ryo.u.ri.	義大利菜
当地料理（とうちりょうり） to.u.chi.ryo.u.ri.	當地料理

食物

▸パン

pa.n.

麵包

說明 日文裡的麵包店是「パン屋(や)」；麵包師傅是「パン職人(しょくにん)」。

例句

例 朝(あさ)はいつもパンです。

a.sa.wa./i.tsu.mo./pa.n.de.su.

早上都是吃麵包。

例 あのレストランはパンが美味(おい)しいです。

a.no.re.su.to.ra.n.wa./pa.n.ga./o.i.shi.i.de.su.

那間餐廳的麵包很好吃。

相關單字

食(しょく)パン sho.ku.pa.n.	土司
菓子(かし)パン ka.shi.pa.n.	甜麵包
サンドイッチ sa.n.do.i.cchi.	三明治
軽食(けいしょく) ke.i.sho.ku.	輕食

▶調味料（ちょうみりょう）

sho.u.mi.ryo.u.

調味料

說明 常見的調味料有「塩（しお）」、「醤油（しょうゆ）」、「みりん」(味醂)、「味噌（みそ）」、「砂糖（さとう）」。

例句

例 調味料（ちょうみりょう）を使（つか）います。

cho.u.mi.ryo.u.o./tsu.ka.i.ma.su.

使用調料理。

例 調味料（ちょうみりょう）を入（い）れます。

cho.u.mi.ryo.u.o./i.re.ma.su.

加調味料。

相關單字

塩加減（しおかげん） shi.o.ka.ge.n.	味道鹹淡
醤油（しょうゆ） sho.u.yu.	醬油
塩（しお） shi.o.	鹽
砂糖（さとう） sa.to.u.	糖

▸デザート

de.za.a.to.

甜點

說明 甜點通常是指洋式的甜食，像是蛋糕、布丁等。日式甜點的統稱則為「甘味（かんみ）」、「お茶（ちゃ）うけ」或「和菓子（わかし）」。

例句

例 デザートにアイスクリームが出（で）ました。

de.za.a.to.ni./a.i.su.ku.ri.i.mu.ga./de.ma.shi.ta.

甜點是冰淇淋。

例 あの店（みせ）はデザートが美味（おい）しいです。

a.no.mi.se.wa./de.za.a.to.ga./o.i.shi.i.de.su.

那家店的甜點很好吃。

相關單字

甘（あま）いもの a.ma.i.mo.no.	甜食
スイーツ su.i.i.tsu.	甜食
甘味（かんみ） ka.n.mi.	日式甜點
お茶（ちゃ）うけ o.cha.u.ke.	日式茶點

▸お菓子（かし）

o.ka.shi.

零食

說明「お菓子（かし）」泛指所有的零食。

例句

例 お菓子（かし）が食（た）べたいです。

o.ka.shi.ga./ta.be.ta.i.de.su.

想吃零食。

例 お菓子（かし）を作（つく）ります。

o.ka.shi.o./tsu.ku.ri.ma.su.

製作零食。

相關單字

おやつ o.ya.tsu.	零食、下午茶點心
和菓子（わがし） wa.ga.shi.	日式甜點
洋菓子（ようがし） yo.u.ga.shi.	西式甜點
クッキー ku.kki.i.	餅乾

▸飲み物（のもの）

no.mi.mo.no.

飲料

說明 「飲み物（のもの）」泛指所有喝的東西。酒類則為「お酒（さけ）」、不含酒精的則是「ソフトドリンク」。

例句

例 飲み物（のもの）は何（なに）にいたしましょうか。

no.mi.mo.no.wa./na.ni.ni./i.ta.shi.ma.sho.u.ka.

想喝什麼？

例 何（なに）か飲み物（のもの）をください。

na.ni.ka./no.mi.mo.o.o./ku.da.sa.i.

請給我喝的。

相關單字

ソフトドリンク so.fu.to.do.ri.n.ku.	不含酒精的飲料
アルコール飲料（いんりょう） a.ru.ko.o.ru.i.n.ryo.u.	酒類
牛乳（ぎゅうにゅう） gyu.u.nyu.u.	牛奶
コーヒー ko.o.hi.i.	咖啡

▸お茶（ちゃ）

o.cha.

茶

說明 日本常見的茶有烏龍茶「ウーロン茶（ちゃ）」、綠茶「緑茶（りょくちゃ）」和紅茶「紅茶（こうちゃ）」。

例句

例 お茶（ちゃ）を入（い）れます。

o.cha.o./i.re.ma.su.

泡茶。

例 ご一緒（いっしょ）にお茶（ちゃ）でもいかがでしょうか。

go.i.ssho.ni./o.cha.de.mo./i.ka.ga.de.sho.u.ka.

要不要一起喝杯茶？

相關單字

緑茶（りょくちゃ） 綠茶

ryo.ku.cha.

紅茶（こうちゃ） 紅茶

ko.u.cha.

ハーブティー 花草茶

ha.a.bu.ti.i.

ウーロン茶（ちゃ） 烏龍茶

u.u.ro.n.cha.

情緒

▶うれしい

u.re.shi.i.

高興

說明 「うれしい」用於形容因為某件事而感到開心的心情。

例　句

例 涙(なみだ)が出(で)るほどうれしかったです。

na.mi.da.ga./de.ru.ho.do./u.re.shi.ka.tta.de.su.

高興得眼淚都要流下來了。

例 お目(め)にかかれてうれしいです。

o.me.ni./ka.ka.re.te./u.re.shi.i.de.su.

很高興很見到你。

相關單字

喜(よろこ)び yo.ro.ko.bi.	歡喜、開心
満足(まんぞく)します ma.n.zo.ku.shi.ma.su.	滿意、滿足
幸(しあわ)せ shi.a.wa.se.	幸福
こころよい ko.ko.ro.yo.i.	舒服、暢快

▶むかつく

mu.ka.tsu.ku.

生氣、惱怒

說明「むかつく」是表示生氣、火大的意思，另外還常用「腹が立ちます」、「頭に来ます」來表示。

例 句

例 彼の傲慢な態度を見ると胸がむかつく。

ka.re.no./go.u.ma.n.na./ta.i.do.o./mi.ru.to./mu.ne.ga./mu.ka.tsu.ku.

看到他傲慢的態度，就讓我生氣。

例 彼のひとりよがりを見たらむかついてしまいました。

ka.re.no./hi.to.ri.yo.ga.ri.o./mi.ta.ra./mu.ka.tsu.i.te./shi.ma.i.ma.shi.ta.

看到他自私的態度不禁感到生氣。

相關單字

腹が立ちます　　生氣

ha.ra.ga./ta.chi.ma.su.

むかっとします　　生氣

mu.ka.tto.shi.ma.su.

頭に来ます　　生氣

a.ta.ma.ni./ki.ma.su.

▸悲しい

ka.na.shi.i.

哀傷、傷心

說明 表達悲傷的心情，可以用「悲しい」，也可以用「切ない」。

例句

例 試験に落ちて悲しいです。

shi.ke.n.ni./o.chi.te./ka.na.shi.i.de.su.

沒考上而覺得傷心。

例 悲しいストーリーです。

ka.na.shi.i./su.to.o.ri.i.de.su.

悲傷的故事。

相關單字

つらい tsu.ra.i.	痛苦、煎熬
苦しい ku.ru.shi.i.	痛苦、煎熬
切ない se.tsu.na.i.	悲傷
痛恨の tsu.u.ko.n.no.	令人悔恨的

▶楽(たの)しい

ta.no.shi.i.

開心

說明 「楽(たの)しい」是用來表示某件事讓人覺得很開心，主要用來形容事情。

例 句

例 彼(かれ)と一緒(いっしょ)に歩(ある)くのは楽(たの)しかったです。

ka.re.to./i.ssho.ni./a.ru.ku.no.wa./ta.no.shi.ka.tta.de.su.

和他一起走路很開心。

例 今日(きょう)は楽(たの)しかったです。

kyo.u.wa./ta.no.shi.ka.tta.de.su.

今天很開心。

相關單字

心地(ここち)よい ko.ko.chi.yo.i.	心情很好、感覺舒服
面白(おもしろ)い o.mo.shi.ro.i.	有趣
愉快(ゆかい) yu.ka.i.	愉快
喜(よろこ)ばしい yo.ro.ko.ba.shi.i.	讓人開心的

▶がっかり

ga.kka.ri.

失望

說明 表示失望時用「がっかり」表示，通常會再加上動詞「します」。

例句

例 がっかりしました。
ga.kka.ri.shi.ma.shi.ta.
很失望。

例 がっかりするな。
ga.kka.ri.su.ru.na.
別失望。

相關單字

落胆（らくたん） ra.ku.ta.n.	失望
ガックリ ga.kku.ri.	失望
失望（しつぼう） shi.tsu.bo.u.	失望
残念（ざんねん） za.n.ne.n.	可惜、遺憾

▸びっくり

bi.kku.ri.

嚇一跳

說明「びっくり」用來形容嚇了一跳，通常和動詞「します」一起使用。

例句

例 彼(かれ)の変身(へんしん)ぶりにびっくりしました。

ka.re.no./he.n.shi.n.bu.ri.ni./bi.kku.ri.shi.ma.shi.ta.

被他變身後的模樣嚇了一跳。

例 あ、びっくりした。

a./bi.kku.ri.shi.ta.

啊，嚇了我一跳。

相關單字

驚(おどろ)きます o.do.ro.ki.ma.su.	驚訝、嚇一跳
仰天(ぎょうてん) gyo.u.te.n.	嚇一跳
唖然(あぜん) a.ze.n.	傻眼、啞口無言
ギョッとします gyo.tto.shi.ma.su.	受到驚嚇

▸悔しい

ku.ya.shi.i.

不甘心

說明「悔しい」表示因某件事而感到不甘心、悔恨的心情。

例句

例 あんな下手な選手に負けて悔しかったです。

a.n.na./he.ta.na.se.n.shu.ni./ma.ke.te./ku.ya.shi.ka.tta.de.su.

輸給那麼差的選手真是讓人不甘心。

例 悔しくてたまりません。

ku.ya.shi.ku.te./ta.ma.ri.ma.se.n.

十分不甘心。

相關單字

歯がゆい ha.ga.yu.i.	悔恨
無念 mu.ne.n.	因失望而感到絕望
心残り ko.ko.ro.no.ko.ri.	遺憾
心外 shi.n.ga.i.	感到失望

▸恥(は)ずかしい

ha.zu.ka.shi.i.

害羞、可恥

說明「恥(は)ずかしい」表示害羞、丟臉的心情。

例句

例 恥(は)ずかしくて何(なに)も話(はな)し掛(か)けられません。

ha.zu.ka.shi.ku.te./na.ni.mo./ha.na.shi.ka.ke.ra.re.ma.se.n.

太丟臉了，沒辦法(跟對方)說任何話。

例 私(わたし)の部屋(へや)は恥(は)ずかしいほど散(ち)らかっています。

wa.ta.shi.no./he.ya.wa./ha.zu.ka.shi.i.ho.do./chi.ra.ka.tte.i.ma.su.

我的屋子亂到自己都覺得丟臉。

相關單字

情(なさ)けない na.sa.ke.na.i.	丟臉、可恥
みっともない mi.tto.mo.na.i.	上不了檯面、丟人
格好悪(かっこうわる)い ka.kko.u.wa.ru.i.	很丟臉、很悶
照(て)れくさい te.re.ku.sa.i.	害羞

▶困ります

ko.ma.ri.ma.su.

困擾

說明「困ります」用於覺得困擾、難為的時候。

例句

例 困ったことになりました。
ko.ma.tta.ko.to.ni./na.ri.ma.shi.ta.
事情變得很棘手，讓人困擾。

例 経済的に困っています。
ke.i.za.i.te.ki.ni./ko.ma.tte./i.ma.su.
因經濟狀況不佳而苦惱。

相關單字

手を焼きます　棘手、困擾
te.o./ya.ki.ma.su.

手に負えません　無法處理
te.ni./o.e.ma.se.n.

うんざりします　不耐煩、感到煩躁
u.n.za.ri.shi.ma.su.

困惑します　覺得困擾
ko.n.wa.ku.shi.ma.su.

▸惜しい

o.shi.i.

可惜

說明「惜しい」是可惜的意思。和「悔しい」類似，「悔しい」帶有不甘心的意思，「惜しい」則單純指可惜。

例句

例 この経験を生かせなかったのは惜しいです。
ko.no.ke.i.ke.n.o./i.ka.se.na.ka.tta.no.wa./o.shi.i.de.su.
不能活用這個經驗實在很可惜。

例 惜しい勝負でした。
o.shi.i./sho.u.bu.de.shi.ta.
很可惜的結果。/只有些微差距的勝負結果。

相關單字

及ばない o.yo.ba.na.i.	鞭長莫及
もう少しで mo.u.su.ko.shi.de.	還差一點
惜しみます o.shi.mi.ma.su.	可惜
もったいない mo.tta.i.na.i.	浪費、可惜

▶楽しみ（たの）

ta.no.shi.mi.

期待

說明 「楽（たの）しみ」表示樂見某件事，對其充滿期待。動詞「楽（たの）しみます」則是用來表示樂在其中。

例　句

例 お目（め）に掛（か）かるのが楽（たの）しみです。

o.me.ni./ka.ka.ru.no.ga./ta.no.shi.mi.de.su.

很期待可以見到你。

例 明日（あした）はライブ楽（たの）しみです。

a.shi.ta.wa./ra.i.bu./ta.no.shi.mi.de.su.

很期待明天的演唱會。

相關單字

希望（きぼう）します ki.bo.u.shi.ma.su.	期待、要求
期待（きたい）します ki.ta.i.shi.ma.su.	期待
待望（たいぼう）します ta.i.bo.u.shi.ma.su.	引頸期盼
心待（こころま）ち ko.ko.ro.ma.chi.	引頸期盼的

顏色、形狀

▶ 色（いろ）

i.ro.

顏色

說明 「色（いろ）」是顏色的意思。但日文裡的「顔色（かおいろ）」則是「臉色、氣色」的意思。

例句

例 色（いろ）を付（つ）けます。

i.ro.o./tsu.ke.ma.su.

上色。

例 どんな色（いろ）が好（す）きですか。

do.n.na.i.ro.ga./su.ki.de.su.ka.

喜歡什麼樣的顏色呢？

相關單字

カラー ka.ra.a.	顏色
暖色（だんしょく） da.n.sho.ku.	暖色系
寒色（かんしょく） ka.n.sho.ku.	冷色系
中間色（ちゅうかんしょく） chu.u.ka.n.sho.ku.	中間色

▶ 形（かたち）

ka.ta.chi.

形狀

說明 「形（かたち）」用來表示物體的外形。也可以形容抽象事情的形式。

例句

例 この箱（はこ）は山田（やまだ）さんのと形（かたち）が同（おな）じです。
ko.no.ha.ko.wa./ya.ma.da.sa.n.no.to./ka.ta.chi.ga./o.na.ji.de.su.
這箱子的形狀和山田先生的相同。

例 みんな似（に）たような形（かたち）でした。
mi.n.na./ni.ta.yo.u.na./ka.ta.chi.de.shi.ta.
全都是相似的形狀。

相關單字

様子（ようす） yo.u.su.	模樣、狀況
デザイン de.za.i.n.	設計
模様（もよう） mo.yo.u.	樣子、模樣
柄（がら） ga.ra.	花紋、圖案

▶ 赤い

a.ka.i.

紅色的

說明 「赤い」是「紅色的」的意思。名詞「紅色」則是「赤」。

例 木の葉が赤くなりました。

ko.no.ha.ga./a.ka.ku./na.ri.ma.shi.ta.

樹葉變紅了。

例 彼女は恥ずかしさで顔が赤くなりました。

ka.no.jo.wa./ha.zu.ka.shi.sa.de./ka.o.ga./a.ka.ku./na.ri.ma.shi.ta.

她因為覺得丟臉所以臉都漲紅了。

相關單字

ピンク pi.n.ku.	粉紅
真っ赤 ma.kka.	大紅色
レッド re.ddo.	紅色
紅色 be.ni.i.ro.	紅色

みどり
▶ **緑**

mi.do.ri.

綠色

說明 「緑（みどり）」是名詞。所以放在名詞前面時，要加上「の」變成「緑（みどり）の」。

例句

例 緑（みどり）の草原（そうげん）に座（すわ）ります。
mi.do.ri.no./so.u.ge.n.ni./su.wa.ri.ma.su.
坐在綠色的草原上。

例 彼（かれ）は今日（きょう）緑（みどり）の服（ふく）を着（き）ています。
ka.re.wa./kyo.u./mi.do.ri.no./fu.ku.o./ki.te.i.ma.su.
他今天穿綠色的衣服。

相關單字

黄緑（きみどり） ki.mi.do.ri.	黃綠色
うす緑（みどり） u.su.mi.do.ri.	淺綠色
グリーン gu.ri.i.n.	綠色
緑色（みどりいろ） mi.do.ri.i.ro.	綠色

▶黃色

ki.i.ro.

黃色

說明 「黄色」是名詞，形容詞是「黄色い」。

例句

例 黄色のマフラーを付けています。

ki.i.ro.no./ma.fu.ra.a.o./tsu.ke.te./i.ma.su.

圍著黃色的圍巾。

例 黄色の帽子をかぶっています。

ki.i.ro.no./bo.u.shi.o./ka.bu.tte./i.ma.su.

戴黃色的帽子。

相關單字

黄色い ki.i.ro.i.	黃色的
レモン色 re.mo.n.i.ro.	檸檬黃
イエロー i.e.ro.o.	黃色
黄ばんだ ki.ba.n.da.	泛黃的

▶ 青い（あお）

a.o.i.

藍色的

說明 「青い」是藍色的意思，紅綠燈的綠燈也是用「青」來表示。

例句

例 布を青く染めました。（ぬの・あお・そ）

nu.no.o./a.o.ku./so.me.ma.shi.ta.

把布染成藍色。

例 あの青い目の女の子はマリーちゃんです。（あお・め・おんな・こ）

a.no./a.o.i.me.no./o.n.na.no.ko.wa./ma.ri.i.cha.n.de.su.

那個藍眼珠的女孩就是瑪莉。

相關單字

ブルー bu.ru.u.	藍色
紺色（こんいろ） ko.n.i.ro.	藏青色
ベビーブルー be.bi.i.bu.ru.u.	淺藍色
青色（あおいろ） a.o.i.ro.	藍色

▶黒い（くろい）

ku.ro.i.

黑色的

說明「黒い（くろい）」是形容詞，名詞則為「黒（くろ）」。

例句

例 黒い服を着ています。（くろ、ふく、き）

ku.ro.i.fu.ku.o./ki.te.i.ma.su.

穿著黑色的衣服。

例 彼は色が黒いです。（かれ、いろ、くろ）

ka.re.wa./i.ro.ga./ku.ro.i.de.su.

他很黑。

相關單字

黒っぽい（くろ） ku.ro.ppo.i.	偏黑的
グレー gu.re.e.	灰色
真っ黒（ま、くろ） ma.kku.ro.	深黑色
黒色（こくしょく） ko.ku.sho.ku.	黑色

顏色、形狀

▶白い（しろい）

shi.ro.i.

白的

說明「白い（しろい）」是形容詞，名詞為「白（しろ）」。若是形容物品上面沒有任何圖案，是素面或單色的，則是用「無地（むじ）」。透明無色則是用「無色（むしょく）」這個字。

例句

例 肌（はだ）の色（いろ）が白（しろ）いです。
ha.da.no./i.ro.ga./shi.ro.i.de.su.
皮膚很白。

例 ドアを白（しろ）く塗（ぬ）ります。
do.a.o./shi.ro.ku./nu.ri.ma.su.
把門塗成白色。

相關單字

ホワイト ho.wa.i.to.	白色
真（ま）っ白（しろ） ma.sshi.ro.	純白
オフホワイト o.fu.ho.wa.i.to.	乳白、米白
無色（むしょく） mu.sho.ku.	透明

▶三角（さんかく）

sa.n.ka.ku.

三角

說明 三角形在日文中也寫做「三角（さんかく）」；形容感情狀況常用到的「三角關係」在日文中也是相同的用法，念作「三角関係（さんかくかんけい）」。

例句

例 目（め）を三角（さんかく）にします。

me.o./sa.n.ka.ku.ni./shi.ma.su.

十分生氣。(眼睛變成三角形，形容十分生氣)

例 三角関係（さんかくかんけい）になりました。

sa.n.ka.ku.ka.n.ke.i.ni./na.ri.ma.shi.ta.

變成三角關係。

相關單字

トライアングル to.ra.i.a.n.gu.ru.	三角
ピラミッド pi.ra.mi.ddo.	金字塔(形)
三角形（さんかっけい） sa.n.ka.kke.i.	三角形
三角関係（さんかくかんけい） sa.n.ka.ku.ka.n.ke.i.	三角關係

▶ 四角い（しかく）

si.ka.ku.i.

四方形的

說明 「四角い（しかく）」是形容詞，用來形容四方形的物品。

例句

例 四角い窓（しかくいまど）。

shi.ka.ku.i.ma.do.

四角形的窗戶。

例 四角いコップを頂きました（しかく／いただ）。

shi.ka.ku.i.ko.ppu.o./i.ta.da.ki.ma.shi.ta.

收到四角形的杯子。

相關單字

スクェア su.ku.e.a.	四方形的平面、平方
真四角（ましかく） ma.shi.ka.ku.	正方形
四角形（しかくけい） shi.ka.ku.ke.i.	四邊形
正方形（せいほうけい） se.i.ho.u.ke.i.	正方形

▶ 丸い（まる）

ma.ru.i.

圓的

說明「丸い」用來形容平面或立體的圓形、球形。

例句

例 地球は丸いです。（ちきゅう、まる）

chi.kyu.u.wa./ma.ru.i.de.su.

地球是圓的。

例 目を丸くします。（め、まる）

me.o./ma.ru.ku./shi.ma.su.

把眼睛睜得大大圓圓的。(形容很驚訝)

相關單字

円（えん） e.n.	圓
球体（きゅうたい） kyu.u.ta.i.	球體
球状（きゅうじょう） kyu.u.jo.u.	球體
丸っこい（まる） ma.ru.kko.i.	圓的

日期、時間

▶ 日にち

hi.ni.chi.

日期

說明「日にち」表示日期，另外也可以用「日付け」、「時日」。

例句

例 出発の日にちを決めます。

shu.ppa.tsu.no.hi.ni.chi.o./ki.me.ma.su.

決定出發的日期。

例 締め切りまでもう日にちがありません。

shi.me.ki.ri.ma.de./mo.u.hi.ni.chi.ga./a.ri.ma.se.n.

到截止日前已經沒多少日子了。

相關單字

時日 ji.ji.tsu.	日期、時間
日付け hi.zu.ke.	日期
日時 ni.chi.ji.	日期
年月 ne.n.ge.tsu.	日子、年月日

▶ 週（しゅう）

shu.u.

週

說明 「週（しゅう）」是星期的意思，用法和中文相同。

例 句

例 私（わたし）たちは週（しゅう）40時間（よんじゅうじかん）働（はたら）いています。

wa.ta.shi.ta.chi.wa./shu.u./yo.n.ju.u.ji.ka.n./ha.ta.ra.i.te./i.ma.su.

我們每星期工作40個小時。

例 週2回（しゅうにかい）ジムへ通（かよ）っています。

shu.u./ni.ka.i./ji.mu.e./ka.yo.tte./i.ma.su.

每星期去2次健身房。

相關單字

曜日（ようび） yo.u.bi.	星期…
週末（しゅうまつ） shu.u.ma.tsu.	週末
ゴールデンウィーク go.o.ru.de.n.ui.i.ku.	黃金週(五月第一週的長假)
週間（しゅうかん） shu.u.ka.n.	一週內

▶ 月（つき）

tsu.ki.

月

說明 當單位來用時，念成「月（つき）」，但若是用在專有名詞月份上時，則念成「げつ」或「がつ」；如「一ヶ月（いっかげつ）」(1個月)、「1月（いちがつ）」(1月)。

例句

例 月10万（つきじゅうまん）の家賃（やちん）を払（はら）います。

tsu.ki./ju.u.ma.n.no./ya.chi.n.o./ha.ra.i.ma.su.

每個月付10萬元房租。

例 月（つき）が明（あ）けたら払（はら）います。

tsu.ki.ga./a.ke.ta.ra./ha.ra.i.ma.su.

下個月一到就付錢。

相關單字

正月（しょうがつ） sho.u.ga.tsu.	1月
今月（こんげつ） ko.n.ge.tsu.	這個月
来月（らいげつ） ra.i.ge.tsu.	下個月
先月（せんげつ） se.n.ge.tsu.	上個月

▶ 年（とし）／年（ねん）

to.shi./ne.n.

年

說明 年有兩個念法，一般念成「年（とし）」，前面加數字時，念成「年（ねん）」。

例句

例 年（とし）が明（あ）けたらお伺（うかが）いします。

to.shi.ga./a.ke.ta.ra./o.u.ka.ga.i.shi.ma.su.

過完新年後我會去拜訪。

例 年（とし）の初（はじ）めに結婚（けっこん）しました。

to.shi.no./ha.ji.me.ni./ke.kko.n.shi.ma.shi.ta.

在年初時結婚了。

相關單字

年月（ねんげつ） ne.n.ge.tsu.	年月(指時間單位)
今年（ことし） ko.to.shi.	今年
来年（らいねん） ra.i.ne.n.	明年
去年（きょねん） kyo.ne.n.	去年

▶ 時(じ)

ji.

時間

說明 「時(じ)」也有兩個念法，時間單位時念「時(じ)」；指某段時期時，則用「時(とき)」。

例句

例 何時(なんじ)ですか。

na.n.ji.de.su.ka.

幾點？

例 4時(よじ) 15(じゅうご) 分(ふん)です。

yo.ji./ju.u.go.fu.n.de.su.

4點15分。

相關單字

時間(じかん) ji.ka.n.	時間
時刻(じこく) ji.ko.ku.	時間
時分(じふん) ji.fu.n.	時間、幾點幾分
定刻(ていこく) te.i.ko.ku.	準時

▶ 分（ふん）

fu.n.

分

說明 日文裡的半小時是說「30分（さんじゅっぷん）」；1個半小時是則是「1時間半（いちじかんはん）」；4點半則是「4時30分（よじさんじゅっぷん）」。

例句

例 30分後（さんじゅっぷんご）にこちらからお電話（でんわ）します。

sa.n.ju.ppu.n.go.ni./ko.chi.ra.ka.ra./o.de.n.wa.shi.ma.su.

半小時後我再打電話過去。

例 1時15分前（いちじじゅうごふんまえ）です。

i.chi.ji./ju.u.go.fu.n.ma.e.de.su.

12點45分。(距離1點還有15分鐘)

相關單字

30分（さんじゅっぷん） sa.n.ju.ppu.n.	30分鐘、半小時
5分間（ごふんかん） go.fu.n.ka.n.	5分鐘(指時間長度)
3分前（さんぷんまえ） sa.n.ppu.n.ma.e.	倒數3分鐘

▶ 朝（あさ）

a.sa.

早上

說明 「朝（あさ）」是早上的意思，這個字較偏早晨、清晨之意，若是指中午12點前上午的時間，則是說「午前（ごぜん）」「午前中（ごぜんちゅう）」。

例句

例 朝（あさ）から晩（ばん）まで働（はたら）いています。

a.sa.ka.ra./ba.n.ma.de./ha.ta.ra.i.te.i.ma.su.

從早工作到晚。

例 父（ちち）は朝（あさ）が早（はや）いです。

chi.chi.wa./a.sa.ga./ha.ya.i.de.su.

爸爸早上都很早(起床或出門)。

相關單字

早朝（そうちょう） so.u.cho.u.	清晨
明け方（あけがた） a.ke.ga.ta.	天空亮時
午前（ごぜん） go.ze.n.	上午
今朝（けさ） ke.sa.	今天早上

▶ 昼（ひる）

hi.ru.

白天、中午

說明 「昼（ひる）」是指白天的時間，也可以用來指中午的時間。專指下午的話，是用「午後（ごご）」。

例句

例 昼過（ひるす）ぎに伺（うかが）います。

hi.ru.su.gi.ni./u.ka.ga.i.ma.su.

中午過後再前去拜訪。

例 夏至（げし）は昼（ひる）が最（もっと）も長（なが）いです。

ge.shi.wa./hi.ru.ga./mo.tto.mo./na.ga.i.de.su.

夏至是白天最長的一天。

相關單字

昼間（ひるま） hi.ru.ma.	白天
午後（ごご） go.go.	午後
正午（しょうご） sho.u.go.	中午
昼食（ちゅうしょく） chu.u.sho.ku.	午餐

▶ 夜（よる）

yo.ru.

晚上

說明 「夜（よる）」是晚上的意思。半夜則是「夜中（よなか）」或「深夜（しんや）」。

例句

例 夜遅（よるおそ）くまで勉強（べんきょう）しました。

yo.ru.o.so.ku.ma.de./be.n.kyo.u.shi.ma.shi.ta.

念書到很晚。

例 夜（よる）も昼（ひる）も働（はたら）きます。

yo.ru.mo./hi.ru.mo./ha.ta.ra.ki.ma.su.

晚上白天都在工作。

相關單字

晩（ばん） ba.n.	晚上
深夜（しんや） shi.n.ya.	深夜
夜中（よなか） yo.na.ka.	半夜
徹夜（てつや） te.tsu.ya.	熬夜

▶曜日（ようび）

yo.u.bi.

星期…

說明 「星期…」在日文中是用「…曜日（ようび）」來表示。如星期五是「金曜日（きんようび）」；星期六是「土曜日（どようび）」。有時會省略「曜日」或是「日」字，例如只用「金（きん）」或「金曜（きんよう）」來表示星期五。問星期幾則是用「何曜日（なんようび）」。

例句

例 日曜日（にちようび）には教会（きょうかい）へ行（い）きます。

ni.chi.yo.u.bi.ni.wa./kyo.u.ka.i.e./i.ki.ma.su.

星期天會去教會。

例 土曜日（どようび）は半日休業（はんにちきゅうぎょう）です。

do.yo.u.bi.wa./ha.n.ni.chi.kyu.u.gyo.u./de.su.

星期六休息半天。

相關單字

月曜日（げつようび）　星期一

ge.tsu.yo.u.bi.

火曜日（かようび）　星期二

ka.yo.u.bi.

水曜日（すいようび）　星期三

su.i.yo.u.bi.

木曜日（もくようび）　星期四

mo.ku.yo.u.bi.

▶今日（きょう）

kyo.u.

今天

說明 表示今天是用「今日（きょう）」；表示現在則是用「今（いま）」。

例句

例 今日（きょう）は何曜日（なんようび）ですか。

kyo.u.wa./na.n.yo.u.bi.de.su.ka.

今天是星期幾？

例 今日（きょう）のことは一生（いっしょう）忘（わす）れません。

kyo.u.no.ko.to.wa./i.ssho.u./wa.su.re.ma.se.n.

今天的事我一輩子都忘不了。

相關單字

昨日（きのう） ki.no.u.	昨天
明日（あした） a.shi.ta.	明天
一昨日（おととい） o.to.to.i.	前天
明後日（あさって） a.sa.tte.	後天

職業

▶社員（しゃいん）

sha.i.n.

職員

説明 「社員（しゃいん）」指的是一般公司上班的職員。

例句

例 彼（かれ）はその会社（かいしゃ）の社員（しゃいん）です。

ka.re.wa./so.no.ka.i.sha.no./sha.i.n.de.su.

他是那間公司的員工。

例 彼女（かのじょ）は新入社員（しんにゅうしゃいん）です。

ka.no.jo.wa./shi.n.nyu.u.sha.i.n.de.su.

她是新進員工。

相關單字

サラリーマン sa.ra.ri.i.ma.n.	一般上班族(指男性)
従業員（じゅうぎょういん） ju.u.gyo.u.i.n.	作業員
スタッフ su.ta.ffu.	工作人員
会社員（かいしゃいん） ka.i.sha.i.n.	上班族

しょくにん
▸職人

sho.ku.ni.n.

專業師傅

說明 「職人（しょくにん）」指的是具有專業技能，且精於該項技藝者。

例句

例 修理（しゅうり）のため職人（しょくにん）が入（はい）っています。

shu.u.ri.no.ta.me./sho.ku.ni.n.ga./ha.i.tte.i.ma.su.

為了修理，所以有專業師傅進入。

例 彼（かれ）は伝統工芸（でんとうこうげい）の職人（しょくにん）です。

ka.re.wa./de.n.to.u.ko.u.ge.i.no./sho.ku.ni.n.de.su.

他是傳統工藝的師傅。

相關單字

名人（めいじん） me.i.ji.n.	專家
匠（たくみ） ta.ku.mi.	專家、巨匠
技術者（ぎじゅつしゃ） gi.ju.tsu.sha.	技術員
ベテラン be.te.ra.n.	資深老手

▸料理人（りょうりにん）

ryo.u.ri.ni.n.

廚師

說明 「職人（しょくにん）」指的是廚師，除此之外也可以說「シェフ」；甜點師傅則是「パティシエ」。

例句

例 一流（いちりゅう）の料理人（りょうりにん）になりたいです。

i.chi.ryu.u.no./ryo.u.ri.ni.n.ni./na.ri.ta.i.de.su.

我想成為一流的廚師。

例 これは有名（ゆうめい）な料理人（りょうりにん）が作（つく）った料理（りょうり）です。

ko.re.wa./yu.u.me.i.na./ryo.u.ri.ni.n.ga./tsu.ku.tta./ryo.u.ri.de.su.

這是有名的廚師做的菜。

相關單字

シェフ she.fu.	廚師
コック ko.kku.	廚師
板前（いたまえ） i.ta.ma.e.	日本料理的廚師
調理師（ちょうりし） cho.u.ri.shi.	廚師

▶医者（いしゃ）

i.sha.

醫生

說明 日本稱醫生、老師、教授，都是叫做「先生（せんせい）」。

例句

例 父（ちち）は医者（いしゃ）をしています。

chi.chi.wa./i.sha.o./shi.te.i.ma.su.

父親是醫生。

例 彼（かれ）は昨年（さくねん）医者（いしゃ）を開業（かいぎょう）しました。

ka.re.wa./sa.ku.ne.n./i.sha.o./ka.i.gyo.u.shi.ma.shi.ta.

他去年開業當醫生。

相關單字

看護師（かんごし） ka.n.go.shi.	護士
病院（びょういん） byo.u.i.n.	醫院
医師（いし） i.shi.	醫師
主治医（しゅじい） shu.ji.i.	主治醫師

▸公務員（こうむいん）

ko.u.mu.i.n.

公務員

說明 日本的公務員也是要經過國家考試才能得到錄用，公務人員考試日文稱為「公務員試験（こうむいんしけん）」。

例句

例 彼女（かのじょ）は国家公務員（こっかこうむいん）です。

ka.no.jo.wa./ko.kka.ko.u.mu.i.n.de.su.

她是公務員。

例 公務員（こうむいん）になるためにはどうすればいいですか。

ko.u.mu.i.n.ni./na.ru.ta.me.ni.wa./do.u.su.re.ba./i.i.de.su.ka.

要成為公務員的話，要做哪些事呢？

相關單字

官僚（かんりょう） ka.n.ryo.u.	官員
役人（やくにん） ya.ku.ni.n.	公務人員
事務官（じむかん） ji.mu.ka.n.	事務官
政治家（せいじか） se.i.ji.ka.	政治家

▶主婦（しゅふ）

shu.fu.

家庭主婦

說明 早期日本家庭主婦的比例較高，家庭主婦雖然不上班，但也經常會去打工等貼補家用。

例句

例 私（わたし）は主婦（しゅふ）です。

wa.ta.shi.wa./shu.fu.de.su.

我是家庭主婦。

例 母（はは）は主婦（しゅふ）です。

ha.ha.wa./shu.fu.de.su.

我媽媽是家庭主婦。

相關單字

専業主婦（せんぎょうしゅふ） se.n.gyo.u.shu.fu.	專職主婦
主婦業（しゅふぎょう） shu.fu.gyo.u.	家庭主婦(指此職業)
妻（つま） tsu.ma.	妻子
育児（いくじ） i.ku.ji.	育兒

▸アルバイト

a.ru.ba.i.to.

打工

說明「アルバイト」可以簡稱為「バイト」。非全職的計時人員則稱為「パート」。

例句

例 アルバイトをしながら大学(だいがく)を出(で)ました。

a.ru.ba.i.to.o./shi.na.ga.ra./da.i.ga.ku.o./de.ma.shi.ta.

一邊打工一邊念完大學。

例 アルバイトで英語(えいご)を教(おし)えています。

a.ru.ba.i.to.de./e.i.go.o./o.shi.e.te./i.ma.su.

打工是教英文。

相關單字

バイト ba.i.to.	打工
パート pa.a.to.	計時工作
派遣(はけん) ha.ke.n.	人力派遣
臨時雇用(りんじこよう) ri.n.ji.ko.yo.u.	臨時僱員

▶フリーランス
fu.ri.i.ra.n.su.
自由業

說明「フリーランス」指的是有獨立工作室，或自己接案子的工作。

例句

例 フリーランスのジャーナリストとして働(はたら)いています。
fu.ri.i.ra.n.su.no./ja.a.na.ri.su.to.to.shi.te./ha.ta.ra.i.te.i.ma.su.
職業是自由記者。

例 彼(かれ)はフリーランスのカメラマンです。
ka.re.wa./fu.ri.i.ra.n.su.no./ka.me.ra.ma.n.de.su.
他是自由攝影師。

相關單字

フリーランサー　自由工作者
fu.ri.i.ra.n.sa.a.

フリーライター　自由作家
fu.ri.i.ra.i.ta.a.

フリー　自由工作者
fu.ri.i.

フリーカメラマン　自由攝影師
fu.ri.i.ka.me.ra.ma.n.

▸店員（てんいん）

te.n.i.n.

店員

說明 「店員（てんいん）」指店裡的員工，也可以叫「スタッフ」或「販売員（はんばいいん）」。

例句

例 店員（てんいん）を呼（よ）びます。

te.n.i.n.o./yo.bi.ma.su.

叫店員來。

例 店員（てんいん）に聞（き）きます。

te.n.i.ni./ki.ki.ma.su.

問店員。

相關單字

販売員（はんばいいん） ha.n.ba.i.i.n.	售貨員
商人（しょうにん） sho.u.ni.n.	商人
セールスマン se.e.ru.su.ma.n.	業務、推銷人員
客引（きゃくひ）き kya.ku.hi.ki.	招攬客人

▶社長（しゃちょう）

sha.cho.u.

社長

說明 「社長（しゃちょう）」指的是集團、公司的負責人，若是分店的店長是「店長（てんちょう）」；分社的社長是「支社長（ししゃちょう）」。

例句

例 社長（しゃちょう）を務（つと）めています。

sha.cho.u.o./tsu.to.me.te.i.ma.su.

擔任社長。

例 私（わたし）は若（わか）い頃（ころ）から将来（しょうらい）は社長（しゃちょう）になりたいと考（かんが）えていました。

wa.ta.shi.wa./wa.ka.i.ko.ro.ka.ra./sho.u.ra.i.wa./sha.cho.u.ni./na.ri.ta.i.to./ka.n.ga.e.te.i.ma.shi.ta.

我從年輕時就想著將來要當上社長。

相關單字

経営者（けいえいしゃ） ke.i.e.i.sha.	經營者
オーナー o.o.na.a.	負責人、所有者
ボス bo.su.	老闆
創業者（そうぎょうしゃ） so.u.gyo.u.sha.	創辦人

▶ 無職（むしょく）

mu.sho.ku.

無業

說明 沒有工作情況稱為「無職（むしょく）」或「ニート」。沒有工作到處打工的人稱為「フリーター」。

例句

例 彼（かれ）は前（まえ）の仕事（しごと）をやめてからずっと無職（むしょく）です。

ka.re.wa./ma.e.no.shi.go.to.o./ya.me.te.ka.ra./zu.tto./mu.sho.ku.de.su.

他辭去上一個工作之後一直沒有工作。

例 彼（かれ）は目下（もっか）無職（むしょく）です。

ka.re.wa./mo.kka./mu.sho.ku.de.su.

他現在沒有工作。

相關單字

フリーター fu.ri.i.ta.a.	無業者
ブラブラします bu.ra.bu.ra.shi.ma.su.	到處閒晃
就職浪人（しゅうしょくろうにん） shu.u.sho.ku.ro.u.ni.n.	畢業後找不到工作的人
リストラ ri.su.to.ra.	裁員

家族

▶ 両親（りょうしん）

ryo.u.shi.n.

父母

說明 「両親（りょうしん）」指父母雙方。單稱父親是「父（ちち）」；單稱母親是「母（はは）」。

例句

例 両親（りょうしん）と食事（しょくじ）しました。

ryo.u.shi.n.to./sho.ku.ji./shi.ma.shi.ta.

和父母一起吃飯。

例 彼女（かのじょ）の両親（りょうしん）に会（あ）います。

ka.no.jo.no./ryo.u.shi.n.ni./a.i.ma.su.

和女友的雙親見面。

相關單字

父（ちち） chi.chi.	父親
母（はは） ha.ha.	母親
父親（ちちおや） chi.chi.o.ya.	父親
母親（ははおや） ha.ha.o.ya.	母親

▸祖父母（そふぼ）

so.fu.bo.

祖父母

說明「祖父（そふ）」、「祖母（そぼ）」是較正式的說法，一般稱自己的祖父母(不論是外公還是爺爺、外婆或是奶奶)會用「おばあさん」(祖母)、「おじいさん」(祖父)。

例句

例 祖父母（そふぼ）の家（いえ）に行（い）きます。

so.fu.bo.no./i.e.ni./i.ki.ma.su.

去祖父母家。

例 祖父母（そふぼ）と一緒（いっしょ）に住（す）んでいます。

so.fu.bo.to./i.ssho.ni./su.n.de.i.ma.su.

和祖父母一起住。

相關單字

祖父（そふ） so.fu.	祖父
祖母（そぼ） so.bo.	祖母
おばあさん o.ba.a.sa.n.	奶奶
おじいさん o.ji.i.sa.n.	爺爺

▶ 兄弟（きょうだい）

kyo.u.da.i.

兄弟姊妹

說明 「兄弟（きょうだい）」泛指兄弟姊妹，沒有性別之分。

例句

例 兄弟（きょうだい）は何人（なんにん）いますか。

kyo.u.da.i.wa./na.n.ni.n.i.ma.su.ka.

有幾個兄弟姊妹？

例 兄弟（きょうだい）が2人（ふたり）います。

kyo.u.da.i.ga./fu.ta.ri./i.ma.su.

有2個兄弟姊妹。

相關單字

兄（あに） a.ni.	哥哥
姉（あね） a.ne.	姊姊
妹（いもうと） i.mo.u.to.	妹妹
弟（おとうと） o.to.u.to.	弟弟

かぞく
▶家族

ka.zo.ku.

家人

說明「家族」泛指家人；「5人家族」則為5口之家。

例句

例 何人家族ですか。
na.n.ni.n.ka.zo.ku.de.su.ka.
家裡有幾個人？

例 彼の家族は皆犬が好きです。
ka.re.no./ka.zo.ku.wa./mi.na./i.nu.ga./su.ki.de.su.
他的家人全都愛狗。

相關單字

身内（みうち） mi.u.chi.	親人、家人
親戚（しんせき） shi.n.se.ki.	親戚
親族（しんぞく） shi.n.zo.ku.	親戚
ファミリー fa.mi.ri.i.	家族、家人

▸いとこ

i.to.ko.

堂兄弟姊妹、表兄弟姊妹

說明 在日文中，只要是叔叔、伯伯、舅舅、阿姨、姑姑的孩子，都稱為「いとこ」。

例句

例 彼(かれ)は私(わたし)のいとこです。

ka.re.wa./wa.ta.shi.no./i.to.ko.de.su.

他是我的表(堂)兄(弟)。

例 いとこにお年玉(としだま)をあげます。

i.to.ko.ni./o.to.shi.da.ma.o./a.ge.ma.su.

給表(堂)弟(妹)紅色。

相關單字

親縁関係(しんえんかんけい)　親戚關係

shi.n.e.n.ka.n.ke.i.

血縁関係(けつえんかんけい)　血緣關係

ke.tsu.e.n.ka.n.ke.i.

▶子供（こども）

ko.do.mo.

孩子

說明 日文中的孩子是「子供（こども）」；若是要禮貌稱呼別人的小孩，則是用「お子（こ）さん」。

例句

例 子供（こども）が3人（さんにん）います。

ko.do.mo.ga./sa.n.ni.n.i.ma.su.

有3個孩子。

例 子供（こども）ができました。

ko.do.mo.ga./de.ki.ma.shi.ta.

懷孕了。(有孩子了)

相關單字

孫（まご） ma.go.	孫子
息子（むすこ） mu.su.ko.	兒子
娘（むすめ） mu.su.me.	女兒
赤（あか）ちゃん a.ka.cha.n.	嬰兒

▶夫婦(ふうふ)

fu.u.fu.

夫妻

說明 夫妻可以說「夫婦(ふうふ)」，也可以說「夫妻(ふさい)」。

例句

例 2人(ふたり)は夫婦(ふうふ)になりました。

fu.ta.ri.wa./fu.u.fu.ni./na.ri.ma.shi.ta.

2人成為夫妻。

例 実(じつ)に似合(にあ)いの夫婦(ふうふ)です。

ji.tsu.ni./ni.a.i.no./fu.u.fu.de.su.

很登對的夫妻。

相關單字

妻(つま) tsu.ma.	妻子
夫(おっと) o.tto.	老公
主人(しゅじん) shu.ji.n.	老公
カップル ka.ppu.ru.	情侶、夫妻

▸おじさん

o.ji.sa.n.

伯伯、叔叔、舅舅

說明 「おじさん」通常是用來稱呼親戚中的男性長輩，如伯、叔、舅一輩；另外稱沒有血緣關係，年紀較長的男性，也可以說「おじさん」。

例 句

例 あの人(ひと)は山田(やまだ)おじさんです。
a.no.hi.to.wa./ya.ma.da.o.ji.sa.n.de.su.
那個人就是山田叔叔。

例 おじさんからおみやげをもらいました。
o.ji.sa.n.ka.ra./o.mi.ya.ge.o./mo.ra.i.ma.shi.ta.
從叔叔那邊拿到了禮物。

相關單字

おじ o.ji.	叔叔、伯伯、舅舅
よそのおじさん yo.so.no.o.ji.sa.n.	沒有關係的叔叔
おばさん o.ba.sa.n.	伯母、舅媽、嬸嬸
おば o.ba.	伯母、舅媽、嬸嬸

▶姪っ子

めい　こ

me.i.kko.

姪女

說明 稱女生的姪女或外甥女，都用「姪っ子（めいこ）」。姪子或外甥則為「甥っ子（おいこ）」。

例句

例 姪っ子と一緒に遊びます。（めいこ　いっしょ　あそ）
me.i.kko.to./i.ssho.ni./a.so.bi.ma.su.
和姪女一起玩。

例 彼女は私の姪っ子です。（かのじょ　わたし　めいこ）
ka.no.ji.wa./wa.ta.shi.no./me.i.kko.de.su.
她是我姪女。

相關單字

おい o.i.	姪子、外甥
めい me.i.	姪女、外甥女
一族（いちぞく） i.chi.zo.ku.	家族
近親者（きんしんしゃ） ki.n.shi.n.sha.	近親

▶義理(ぎり)

gi.ri.

有親戚關係的

說明 因結婚、領養等，無血緣關係的人變成親戚，就稱為「義理(ぎり)」。

例　句

例 彼(かれ)は私(わたし)の義理(ぎり)の兄弟(きょうだい)です。

ka.re.wa./wa.ta.shi.no./gi.ri.no./kyo.u.da.i.de.su.

他是我(有親戚關係)的哥哥(弟弟)。

例 義理(ぎり)の弟(おとうと)と喧嘩(けんか)しました。

gi.ri.no./o.to.u.to.to./ke.n.ka.shi.ma.shi.ta.

和(有親戚關係的)弟弟吵架了。

相關單字

義理(ぎり)の兄弟(きょうだい) gi.ri.no.kyo.u.da.i.	有親戚關係的兄弟姊妹
義理(ぎり)の母(はは) gi.ri.no.ha.ha.	岳母、婆婆
義理(ぎり)の父(ちち) gi.ri.no.chi.chi.	岳父、公公
義理(ぎり)の両親(りょうしん) gi.ri.no.ryo.u.shi.n.	公婆、岳父岳母

▶独身（どくしん）

do.ku.shi.n.

單身

說明 日文中的單身為「独身（どくしん）」。未婚為「未婚（みこん）」；單身者為了結婚而進行聯誼活動稱為「婚活（こんかつ）」。

例句

例 彼（かれ）は独身主義者（どくしんしゅぎしゃ）です。

ka.re.wa./do.ku.shi.n.shu.gi.sha.de.su.

他抱單身主義。

例 一生独身（いっしょうどくしん）で過（す）ごします。

i.ssho.u.do.ku.shi.n.de./su.go.shi.ma.su.

一輩子單身。

相關單字

シングル shi.n.gu.ru.	單身者
独り身（ひとりみ） hi.to.ri.mi.	單身者
未婚（みこん） mi.ko.n.	未婚
ひとり暮（ぐ）らし hi.to.ri.gu.ra.shi.	1個人住

個性

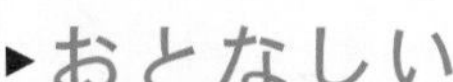

▸おとなしい

o.to.na.shi.i.

沉穩、安靜

說明 形容個性沉穩，有大人的感覺。另外形容動物很乖巧安靜，也用「おとなしい」。

例　句

例 この猫(ねこ)はおとなしいですね。

ko.no.ne.ko.wa./o.to.na.shi.i.de.su.ne.

這隻貓很乖。

例 おとなしくしなさい。

o.to.na.shi.ku.shi.na.sa.i.

安靜一點。/冷靜下來。

相關單字

冷静(れいせい) re.i.se.i.	冷靜
物静(ものしず)か mo.no.shi.zu.ka.	安靜
穏(おだ)やか o.da.ya.ka.	穩重
温厚(おんこう) o.n.ko.u.	穩重、温和

▸親切（しんせつ）

shi.n.se.tsu.

親切

說明 形容人很親切有善意，就用「親切（しんせつ）」這個詞。

例句

例 彼（かれ）は親切（しんせつ）な人（ひと）です。

ka.re.wa./shi.n.se.tsu.na./hi.to.de.su.

他是很親切的人。

例 ご親切（しんせつ）にお教（おし）えいただき、ありがとうございました。

go.shi.n.se.tsu.ni./o.o.shi.e.i.ta.da.ki./a.ri.ga.to.u./go.za.i.ma.shi.ta.

謝謝你很親切的教我。

相關單字

思（おも）いやり o.mo.i.ya.ri.	為人著想
優（やさ）しい ya.sa.shi.i.	溫柔、親切
心遣（こころづか）い ko.ko.ro.zu.ka.i.	關懷、體貼
好意的（こういてき） ko.u.i.te.ki.	善意的

▶怒（おこ）りっぽい

o.ko.ri.ppo.i.

易怒的

說明 「怒（おこ）りっぽい」也可以說「いかりっぽい」，表示一個人易怒。

例句

例 私（わたし）の妹（いもうと）はかなり怒（おこ）りっぽいです。

wa.ta.shi.no./i.mo.u.to.wa./ka.na.ri./o.ko.ri.ppo.i.de.su.

我妹妹十分易怒。

例 怒（おこ）りっぽい性格（せいかく）を直（なお）したいです。

o.ko.ri.ppo.i.se.i.ka.ku.o./na.o.shi.ta.i.de.su.

想要改正易怒的個性。

相關單字

短気（たんき） ta.n.ki.	沒耐性愛生氣
気（き）の短（みじか）い ki.no.mi.ji.ka.i.	沒耐性
癇性（かんしょう） ka.n.sho.u.	易怒
いかりっぽい i.ka.ri.ppo.i.	易怒

▶ 内向的（ないこうてき）

na.i.ko.u.te.ki.

內向的

說明 內向除了可以用「内向的（ないこうてき）」，還可以說「内気（うちき）」。

例句

例 彼（かれ）は内向的（ないこうてき）です。

ka.re.wa./na.i.ko.u.te.ki./de.su.

他很內向。

例 彼（かれ）は内向的（ないこうてき）な人（ひと）です。

ka.re.wa./na.i.ko.u.te.ki.na./hi.to.de.su.

他是內向的人。

相關單字

内気（うちき） u.chi.ki.	內向
内向き（うちむき） u.chi.mu.ki.	內向
暗い（くらい） ku.ra.i.	性格灰暗

▸陽気（ようき）

yo.u.ki.

有朝氣的、活潑的

說明 「陽気（ようき）」是形容人很活潑、有元氣的樣子。

例句

例 あの人（ひと）は陽気（ようき）です。

a.no.hi.to.wa./yo.u.ki.de.su.

那個人很有朝氣。

例 子供（こども）たちは陽気（ようき）に遊（あそ）んでいます。

ko.do.mo.ta.chi.wa./yo.u.ki.ni./a.so.n.de.i.ma.su.

小朋友們很有朝氣地在玩。

相關單字

明（あか）るい a.ka.ru.i.	性格開朗
外向的（がいこうてき） ga.i.ko.u.te.ki.	外向
外向（そとむ）き so.to.mu.ki.	外向
おおらか o.o.ra.ka.	不拘小節

あか
▸明るい

a.ka.ru.i.

開朗

說明「明(あか)るい」本來是形容明亮，也可以用來形容個性開朗。

例 句

例 彼(かれ)は性格(せいかく)が明(あか)るいです。
ka.re.wa./se.i.ka.ku.ga./a.ka.ru.i.de.su.
他的個性很開朗。

例 彼(かれ)は明(あか)るい青年(せいねん)です。
ka.re.wa./a.ka.ru.i.se.i.ne.n.de.su.
他是個性開朗的青年。

相關單字

前向(まえむ)き ma.e.mu.ki.	正面思考、積極
楽天的(らくてんてき) ra.ku.te.n.te.ki.	樂天的
くよくよしない ku.yo.ku.yo.shi.na.i.	不扭捏
積極的(せっきょくてき) se.kkyo.ku.te.ki.	個性積極

▶静か（しず）

shi.zu.ka.

安靜

說明「静か」形容安靜，及個性文靜寡言。

例句

例 私は静かな性格です。（わたし しず せいかく）

wa.ta.shi.wa./shi.zu.ka.na./se.i.ka.ku.de.su.

我的個性很安靜。

例 夫は無口で静かな性格です。（おっと むくち しず せいかく）

o.tto.wa./mu.ku.chi.de./shi.zu.ka.na./se.i.ka.ku.de.su.

我老公話少個性安靜。

相關單字

穏やか（おだ） o.da.ya.ka.	穩重
温厚（おんこう） o.n.ko.u.	温和
無口（むくち） mu.ku.chi.	話少
しとやか shi.to.ya.ka.	安靜

▸おしゃべり

o.sha.be.ri.

愛說話

說明「おしゃべり」可以用來形容愛說話，或是愛說人閒話的大嘴巴。

例句

例 おしゃべりな人(ひと)は信用(しんよう)できないです。

o.sha.be.ri.na.hi.to.wa./shi.n.yo.u.de.ki.na.i.de.su.

愛說話的人不能相信。

例 おしゃべりな性格(せいかく)を直(なお)したいです。

o.sha.be.ri.na./se.i.ka.ku.o./na.o.shi.ta.i.de.su.

想要改正愛說話的個性。

相關單字

話好(はなしず)き ha.na.shi.zu.ki.	愛說話
口(くち)が軽(かる)い ku.chi.ga./ka.ru.i.	容易把祕密說出去
饒舌(じょうぜつ) jo.u.ze.tsu.	多嘴
口数(くちかず)が多(おお)い ku.chi.ka.zu.ga./o.o.i.	愛說話

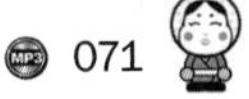

▶ 臆病（おくびょう）

o.ku.byo.u.

膽小

說明 「臆病（おくびょう）」指的是凡事膽小、害怕的個性。

例句

例 娘（むすめ）は臆病（おくびょう）で悩（なや）みやすいです。

mu.su.me.wa./o.ku.byo.u.de./na.ya.mi.ya.su.i.de.su.

女兒很膽小又容易煩惱。

例 彼（かれ）は非常（ひじょう）に臆病（おくびょう）です。

ka.re.wa./hi.jo.u.ni./o.ku.byo.u.de.su.

他很膽小。

相關單字

神経質（しんけいしつ） shi.n.ke.i.shi.tsu.	神經質
怖（こわ）がり ko.wa.ga.ri.	膽小、容易害怕
小心（しょうしん） sho.u.shi.n.	慎重小心
気弱（きよわ）い ki.yo.wa.i.	膽小

▶のんき

no.n.ki.

温吞、悠哉

說明「のんき」形容人的個性悠哉、步調慢，不急不徐。

例句

例 彼(かれ)は生(う)まれ付(づ)きののんきなたちです。

ka.re.wa./u.ma.re.zu.ki.no./no.n.ki.na.ta.chi.de.su.

他生來就是個性温和。

例 のんきに暮(く)らします。

no.n.ki.ni./ku.ra.shi.ma.su.

悠閒地生活。

相關單字

おっとり o.tto.ri.	悠閒、温吞
気長(きなが) ki.na.ga.	温吞
安気(あんき) a.n.ki.	温吞
楽天的(らくてんてき) ra.ku.te.n.te.ki.	樂天

すなお
▶素直

su.na.o.

正直、誠實、老實

說明「素直（すなお）」指的是個性直白、誠實。

例句

かれ　すなお　せいしつ
例 彼は素直な性質です。

ka.re.wa./su.na.o.na./se.i.shi.tsu.de.su.

他個性正直。

すなお　こ
例 素直な子です。

su.na.o.na./ko.de.su.

正直的孩子。

相關單字

おんこう 温厚 o.n.ko.u.	温和
じゅんしん 純真 ju.n.shi.n.	純真
そぼく 素朴 so.bo.ku.	純樸
せいじつ 誠実 se.i.ji.tsu.	誠實

家具

▸インテリア

i.n.te.ri.a.

家具

說明「インテリア」指的是較具時尚感的家具裝潢。

例句

例 この店(みせ)におしゃれなインテリアがいっぱいあります。

ko.no.mi.se.ni./o.sha.re.na./i.n.te.ri.a.ga./i.ppa.i./a.ri.ma.su.

這家店有很多很時尚的家具。

例 彼女(かのじょ)はインテリアデザイナーです。

ka.no.jo.wa./i.n.te.ri.a./de.za.i.na.a.de.su.

她是家具設計師。

相關單字

ファニチャー fa.ni.cha.a.	家具
家具(かぐ) ka.gu.	家具
内装(ないそう) na.i.so.u.	內部裝潢
雑貨(ざっか) za.kka.	生活雜貨、生活小物

▶椅子（いす）

i.su.

椅子

說明「椅子（いす）」泛指所有椅子；若是無椅腳的和式椅，則稱為「座椅子（ざいす）」。

例句

例 椅子（いす）に掛（か）けます。

i.su.ni./ka.ke.ma.su.

坐在椅子上。

例 椅子（いす）から立（た）ち上（あ）がります。

i.su.ka.ra./ta.chi.a.ga.ri.ma.su.

從坐著的椅子上站起來。

相關單字

ソファ so.fa.	沙發
ベンチ be.n.chi.	長板凳
揺（ゆ）り椅子（いす） yu.ri.i.su.	搖椅
ひじ掛（か）け hi.ji.ka.ke.	椅子的扶手

▶ 机（つくえ）

tsu.ku.e.

桌子

說明 「机（つくえ）」泛指所有的桌子。學生用的書桌為「学習机（がくしゅうつくえ）」；餐桌為「食卓（しょくたく）」。

例句

例 机（つくえ）の上（うえ）に花瓶（かびん）があります。

tsu.ku.e.no./u.e.ni./ka.bi.n.ga./a.ri.ma.su.

桌子上有花瓶。

例 机（つくえ）の下（した）に隠（かく）れます。

tsu.u.e.no./shi.ta.ni./ka.ku.re.ma.su.

躲在桌子下面。

相關單字

デスク de.su.ku.	桌子
学習机（がくしゅうつくえ） ga.ku.shu.u.tsu.ku.e.	書桌
テーブル te.e.bu.ru.	桌子
食卓（しょくたく） sho.ku.ta.ku.	餐桌

▶ 棚（たな）

ta.na.

架子、櫃子

說明 「棚（たな）」泛指所有的架子、櫃子；若是嵌入牆壁的大壁櫃，則是叫「押入れ（おしいれ）」。

例句

例 棚（たな）を組（く）み立（た）てます。
ta.na.o./ku.mi.ta.te.ma.su.
組櫃子。

例 彼女（かのじょ）はその本（ほん）を棚（たな）の上（うえ）に置（お）きました。
ka.no.jo.wa./so.no.ho.n.o./ta.na.no.u.e.ni./o.ki.ma.shi.ta.
她把那本書放在櫃子上。

相關單字

本棚（ほんだな） ho.n.da.na.	書櫃
食器棚（しょっきだな） sho.kki.da.na.	餐具櫃
押入れ（おしいれ） o.shi.i.re.	壁櫃
クローゼット ku.ro.o.ze.tto.	衣櫃

▶カーペット

ka.a.pe.tto.

地毯

說明「カーペット」指的是地毯；地板則為「床（ゆか）」或「フローリング」。

例句

例 カーペットを汚（よご）してしまいました。
ka.a.pe.tto.o./yo.go.shi.te./shi.ma.i.ma.shi.ta.
不小心把地毯弄髒了。

例 カーペットの上（うえ）で寝（ね）てしまいました。
ka.a.pe.tto.no.u.e.de./ne.te.shi.ma.i.ma.shi.ta.
在地毯上睡著了。

相關單字

じゅうたん ju.u.ta.n.	地毯
ラグマット ra.gu.ma.tto.	腳踏墊
マット ma.tto.	墊子
床（ゆか） yu.ka.	地板

▸ベッド

be.ddo.

床

說明「ベッド」指的是西式的床；一般和室房間是將被子鋪在地板上睡。

例 句

例 新(あたら)しいベッドを買(か)いました。

a.ta.ra.shi.i./be.ddo.o./ka.i.ma.shi.ta.

買了新的床。

例 ベッドに寝(ね)ています。

be.ddo.ni./ne.te.i.ma.su.

在床上睡著。

相關單字

シングルベッド shi.n.gu.ru.be.ddo.	單人床
ダブルベッド da.bu.ru.be.ddo.	雙人床
ベビーベッド be.bi.i.be.ddo.	嬰兒床
二段(にだん)ベッド ni.da.n.be.ddo.	上下鋪

▶ 壁紙（かべがみ）

ka.be.ga.mi.

壁紙

說明 「壁紙（かべがみ）」是指貼在牆壁上的壁紙，也可以用來指電腦或手機的桌布，也可以說「ウォールペーパー」。

例句

例 トイレと洗面所（せんめんじょ）の壁紙（かべがみ）を新調（しんちょう）しました。

to.i.re.to./se.n.me.n.jo.no./ka.be.ga.mi.o./shi.n.cho.u.shi.ma.shi.ta.

把廁所和洗手間的壁紙都換新了。

例 壁紙（かべがみ）を張（は）り替（か）えました。

ka.be.ga.mi.o./ha.ri.ka.e.ma.shi.ta.

重貼新壁紙。

相關單字

ウォールペーパー o.o.ru.pe.e.pa.a.	壁紙
ペンキ pe.n.ki.	油漆
壁（かべ） ka.be.	牆壁

▸カーテン

ka.a.te.n.

窗簾

說明「カーテン」指的是窗簾，拉開窗簾用的動詞是「開(あ)けます」，拉上窗簾的動詞是「閉(し)めます」。

例句

例 カーテンを開(あ)けてください。

ka.a.te.n.o./a.ke.te./ku.da.sa.i.

請把窗簾打開。

例 窓(まど)のカーテンを閉(し)めます。

ma.do.no./ka.a.te.n.o./shi.me.ma.su.

請把窗簾拉上。

相關單字

ブレンダー bu.re.n.da.a.	攪拌器
ドレープ do.re.e.pu.	垂墜式的窗簾
窓(まど) ma.do.	窗戶

▸こたつ

ko.ta.tsu.

小暖桌

說明 「こたつ」是傳統日式的小桌，上面覆有像被子的厚毯，桌子裡則有加熱器，在冬天時保暖。

例句

例 こたつの中(なか)に入(はい)ります。

ko.ta.tsu.no./na.ka.ni./ha.i.ri.ma.su.

把腳放入小暖桌裡。

例 こたつを囲(かこ)んで鍋(なべ)パーティーします。

ko.ta.tsu.o./ka.ko.n.de./na.be.pa.a.ti.i.shi.ma.su.

圍著小暖桌開火鍋派對。

相關單字

電気毛布(でんきもうふ) de.n.ki.mo.u.fu.	電毯
床暖房(ゆかだんぼう) yu.ka.da.n.bo.u.	地板暖氣
いろり i.ro.ri.	地爐
ヒーター hi.i.ta.a.	電暖器

▸浴槽（よくそう）

yo.ku.so.u.

浴缸

說明 浴缸除了「浴槽（よくそう）」的說法外，還可以說「湯船（ゆぶね）」或「バスタブ」。泡澡入浴則是說「お風呂（ふろ）に入（はい）ります」。

例句

例 浴槽（よくそう）を洗（あら）います。

yo.ku.so.u.o./a.ra.i.ma.su.

清洗浴缸。

例 浴槽（よくそう）に水（みず）を張（は）ります。

yo.ku.so.u.ni./mi.zu.o./ha.ri.ma.su.

在浴缸裡放水。

相關單字

バスタブ ba.su.ta.bu.	浴缸
湯（ゆ）ぶね yu.bu.ne.	浴缸
風呂（ふろ）おけ fu.ro.o.ke.	泡澡用的桶子

▸リフォーム

ri.fo.o.mu.

重新裝潢、翻修

說明 將舊房子的內部重新裝潢，就稱為「リフォーム」。

例句

例 我が家をリフォームしました。

wa.ga.ya.o./ri.fo.o.mu.shi.ma.shi.ta.

我們家重新裝潢好了。

例 中古マンションを購入してリフォームしようと考えています。

chu.u.ko./ma.n.sho.n.o./ko.u.nyu.u.shi.te./ri.fo.o.mu.shi.yo.u.to./ka.n.ga.e.te.i.ma.su.

正在考慮買中古的公寓來進行裝修。

相關單字

建て直し ta.te.na.o.shi.	重建
改装 ka.i.so.u.	重新裝潢
改築 ka.i.chi.ku.	改建
修復 shu.u.fu.ku.	修復

生活用品

▶布団（ふとん）

fu.to.n.

棉被

說明 棉被又可以分成蓋的「掛け布団（かけぶとん）」、下面鋪的「敷布団（しきぶとん）」。而除了棉被，還有毛毯，日文中叫做「毛布（もうふ）」。

例句

例 布団（ふとん）を畳（たた）みます。

fu.to.n.o./ta.ta.mi.ma.su.

疊棉被。

例 子供（こども）に布団（ふとん）を掛（か）けてやります。

ko.do.mo.ni./fu.to.n.o./ka.ke.te./ya.ri.ma.su.

幫孩子蓋棉被。

相關單字

敷布団（しきぶとん） shi.ki.bu.to.n.	鋪在底下的棉被
掛け布団（かけぶとん） ka.ke.bu.to.n.	蓋的被子
シーツ shi.i.tsu.	床單
マット ma.tto.	彈簧床墊

▶クッション

ku.ssho.n.

抱枕、靠枕

說明「クッション」是抱枕，抱枕套則是「クッションカバー」；睡覺用的枕頭則是「枕（まくら）」。

例句

例 このクッションは綺麗（きれい）です。

ko.no.ku.ssho.n.wa./ki.re.i.de.su.

這個抱枕很漂亮。

例 このクッションは柔（やわ）らかいです。

ko.no.ku.ssho.n.wa./ya.wa.ra.ka.i.de.su.

這個抱枕很軟。

相關單字

座布団（ざぶとん） za.bu.to.n.	日式座墊
枕（まくら） ma.ku.ra.	枕頭
背（せ）もたれ se.mo.ta.re.	靠背
クッションカバー ku.ssho.n.ka.ba.a.	抱枕套

▶食器（しょっき）

sho.kki.

餐具

說明 「食器（しょっき）」泛指所有餐具。餐具櫃則稱為「食器棚（しょっきだな）」。

例句

例 食器（しょっき）を洗（あら）います。

sho.kki.o./a.ra.i.ma.su.

洗碗。

例 綺麗（きれい）な食器（しょっき）を集（あつ）めています。

ki.re.i.na./sho.kki.o./a.tsu.me.te.i.ma.su.

收集漂亮的餐具。

相關單字

お皿（さら） o.sa.ra.	盤子
お椀（わん） o.wa.n.	碗
ボウル bo.u.ru.	大碗、盆
取（と）り皿（ざら） to.ri.za.ra.	分裝的小盤

▶ 箸（はし）

ha.shi.

筷子

說明 「箸（はし）」是筷子，另外湯匙是「スプーン」、叉子是「フォーク」。

例句

例 箸（はし）の使（つか）い方（かた）を学（まな）びます。

ha.shi.no./tsu.ka.i.ka.ta.o./ma.na.bi.ma.su.

學習用筷子。

例 彼（かれ）は箸（はし）が上手（じょうず）に使（つか）います。

ka.re.wa./ha.shi.ga./jo.u.zu.ni./tsu.ka.i.ma.su.

他很會用筷子。

相關單字

フォーク fo.o.ku.	叉子
スプーン su.pu.u.n.	湯匙
しゃもじ sha.mo.ji.	飯勺
箸置（はしお）き ha.shi.o.ki.	筷架

▶ 鍋（なべ）

na.be.

鍋子

說明 「鍋（なべ）」可以指鍋子，也可以指火鍋。

例句

例 大（おお）きい鍋（なべ）でうどんをゆでました。

o.o.ki.i.na.be.de./u.do.n.o./yu.de.ma.shi.ta.

用大鍋子煮烏龍麵。

例 寒（さむ）くなると鍋（なべ）が食（た）べたくなります。

sa.mu.ku.na.ru.to./na.be.ga./ta.be.ta.ku.na.ri.ma.su.

天氣變冷就想吃火鍋。

相關單字

フライパン fu.ra.i.pa.n.	平底鍋
中華鍋（ちゅうかなべ） chu.u.ka.na.be.	中華炒鍋
土鍋（どなべ） do.na.be.	土鍋
スープ鍋（なべ） su.u.pu.na.be.	湯鍋

▶石鹸（せっけん）

se.kke.n.

香皀

說明「石鹸（せっけん）」指的是香皀，沐浴乳則是「ボディソープ」；洗手乳是「ハンドソープ」；洗髮精是「シャンプー」。

例句

例 石鹸（せっけん）で手（て）を洗（あら）います。

se.kke.n.de./te.o./a.ra.i.ma.su.

用香皀洗手。

例 この石鹸（せっけん）の泡立（あわだ）ちがいいです。

ko.no./se.kke.n.no./a.wa.da.chi.ga./i.i.de.su.

這個香皀很會起泡。

相關單字

シャンプー sha.n.pu.u.	洗髮精
コンディショナー ko.n.di.sho.na.a.	潤髮乳
ボディソープ bo.di.so.o.pu.	沐浴乳
ハンドソープ ha.n.do.so.o.pu.	洗手乳

▶歯ブラシ

ha.bu.ra.shi.

牙刷

說明「歯ブラシ」指牙刷，「歯磨き」是刷牙的動作或是牙膏。漱口水則是「マウスウォッシュ」。

例句

例 新しい歯ブラシを買いました。

a.ta.ra.shi.i./ha.bu.ra.shi.o./ka.i.ma.shi.ta.

買了新的牙刷。

例 この歯ブラシの毛先が開いています。

ko.no./ha.bu.ra.shi.no./ke.sa.ki.ga./hi.ra.i.te.i.ma.su.

這牙刷的刷毛已經開了。

相關單字

電動歯ブラシ de.n.do.u.ha.bu.ra.shi.	電動牙刷
歯磨き ha.mi.ga.ki.	刷牙、牙膏
うがい薬 u.ga.i.gu.su.ri.	漱口藥水
デンタルフロス de.n.ta.ru.fu.ro.su.	牙線

▸タオル

ta.o.ru.

毛巾

說明 「タオル」是毛巾的總稱，洗臉用的是「フェイスタオル」，大的浴巾是「バスタオル」；而手帕則是「ハンカチ」。

例句

例 タオルで体（からだ）を拭（ふ）きます。
ta.o.ru.de./ka.ra.da.o./fu.ki.ma.su.
用毛巾擦身體。

例 タオルで顔（かお）を洗（あら）います。
ta.o.ru.de./ka.o.o./a.ra.i.ma.su.
用毛巾洗臉。

相關單字

バスタオル ba.su.ta.o.ru.	浴巾
フェイスタオル fe.i.su.ta.o.ru.	洗臉用毛巾
手（て）ぬぐい te.nu.gu.i.	薄的布巾
ハンカチ ha.n.ka.chi.	手帕

▸カレンダー

ka.re.n.da.a.

月曆

說明「カレンダー」為月曆，桌上型月曆為「卓上(たくじょう)カレンダー」，壁掛式月曆為「壁掛(かべか)けカレンダー」；隨身用的日誌則為「手帳(てちょう)」。

例句

例 今年(ことし)の卓上(たくじょう)カレンダーを買(か)いました。

ko.to.shi.no./ta.ku.jo.u.ka.re.n.da.a.o./ka.i.ma.shi.ta.

我買了今年的桌曆。

例 壁(かべ)にカレンダーが掛(か)かっています。

ka.be.ni./ka.re.n.da.a.ga./ka.ka.tte.i.ma.su.

牆上掛著月曆。

相關單字

卓上(たくじょう)カレンダー ta.ku.jo.u.ka.re.n.a.da.a.	桌上型月曆
壁掛(かべか)けカレンダー ka.be.ka.ke.ka.re.n.da.a.	壁掛式月曆
日記(にっき) ni.kki.	日記
手帳(てちょう) te.cho.u.	日誌、行事曆

▶ 時計（とけい）

to.ke.i.

時鐘

說明 「時計（とけい）」為時鐘，手機的鬧鈴則稱為「アラーム」。

例句

例 時計（とけい）が止（と）まりました。

to.ke.i.ga./to.ma.ri.ma.shi.ta.

時鐘停了。

例 私（わたし）の時計（とけい）は合（あ）っています。

wa.ta.shi.no./to.ke.i.wa./a.tte.i.ma.su.

我的時鐘(手錶)時間是準的。

相關單字

腕時計（うでどけい） u.de.do.ke.i.	手錶
デジタル時計（どけい） de.ji.ta.ru.do.ke.i.	數位時鐘
砂時計（すなどけい） su.na.do.ke.i.	沙漏
目覚（めざ）まし時計（どけい） me.za.ma.shi.do.ke.i.	鬧鐘

▶雑巾（ぞうきん）

zo.u.ki.n.

抹布

說明 「雑巾」是地板窗戶用的抹布，擦桌子用的抹布，則是「布巾（ふきん）」。

例句

例 床（ゆか）に雑巾（ぞうきん）をかけます。

yu.ka.ni./zo.u.ki.n.o./ka.ke.ma.su.

用抹布擦地板。

例 雑巾（ぞうきん）を絞（しぼ）ります。

zo.u.ki.n.o./shi.bo.ri.ma.su.

擰乾抹布。

相關單字

キッチンダスター ki.cchi.n.da.su.ta.a.	廚房抹布
ペーパーダスター pe.e.pa.a.da.su.ta.a.	紙抹布
布巾（ふきん） fu.ki.n.	擦桌椅用的抹布
ラグマット ra.gu.ma.tto.	腳踏墊

▸バケツ

ba.ke.tsu.

桶子、水桶

說明「バケツ」是水桶，「桶（おけ）」則是指一般木製的桶子。

例句

例 バケツに水（みず）を入（い）れます。

ba.ke.tsu.ni./mi.zu.o./i.re.ma.us.

在水桶裡裝水。

例 雨（あめ）がバケツをひっくり返（かえ）したように降（ふ）っています。

a.me.ga./ba.ke.tsu.o./hi.kku.ri.ka.e.shi.ta.yo.u.ni./fu.tte.i.ma.su.

雨像用水桶倒的一般下得很大。

相關單字

たる ta.ru.	樽
ポリバケツ po.ri.ba.ke.tsu.	塑膠桶
桶（おけ） o.ke.	木桶
ゴミ箱（ばこ） go.mi.ba.ko.	垃圾桶

▶スリッパ

su.ri.ppa.

拖鞋

說明「スリッパ」指的是一般拖鞋，在室內穿的鞋子則是「ルームシューズ」，學生在學校穿的室內鞋則是「上履き（うわばき）」。

例句

例 スリッパを履（は）きます。
su.ri.ppa.o./ha.ki.ma.su.
穿拖鞋。

例 入口（いりぐち）でスリッパに履（は）き替（か）えます。
i.ri.gu.chi.de./su.ri.ppa.ni./ha.ki.ka.e.ma.su.
在入口處換穿拖鞋。

相關單字

上履き（うわばき） u.wa.ba.ki.	(學校穿的)室內鞋
ルームシューズ ru.u.mu.shu.u.zu.	室內鞋
土足禁止（どそくきんし） do.so.ku.ki.n.shi.	禁止穿鞋進入
サンダル sa.n.da.ru.	涼鞋

電器

照明（しょうめい）

sho.u.me.i.

電燈、照明

說明 「照明（しょうめい）」泛指全體照明，日文中的燈，稱為「電気（でんき）」。

例句

例 この部屋（へや）は照明（しょうめい）が悪（わる）いです。

ko.no.he.ya.wa./sho.u.me.i.ga./wa.ru.i.de.su.

這個房間的照明採光不太好。

例 舞台全体（ぶたいぜんたい）に青（あお）い照明（しょうめい）を当（あ）てます。

bu.ta.i./ze.n.ta.i.ni./a.o.i./sho.u.me.i.o./a.te.ma.su.

藍色的燈光照著整個舞台。

相關單字

電気（でんき） de.n.ki.	燈、電
照明（しょうめい）ランプ sho.u.me.i.ra.n.pu.	照明燈
スタンド su.ta.n.do.	檯燈
ランプ ra.n.pu.	燈

だんぼう
▶暖房

da.n.bo.u.

暖氣

說明 日本四季分明，冬天通常需要暖氣，除了一般空調「暖房（だんぼう）」外，還有電暖氣「ヒーター」、地熱「床暖房（ゆかだんぼう）」等。

例　句

だんぼう
例 暖房をつけます。
da.n.bo.u.o./tsu.ke.ma.su.
開暖氣。

だんぼう
例 暖房がきいています。
da.n.bo.u.ga./ki.i.te.i.ma.su.
暖氣很暖。

相關單字

ゆかだんぼう 床暖房 yu.ka.da.n.bo.u.	地板暖氣
ヒーター hi.i.ta.a.	電熱器
ストーブ su.to.o.bu.	暖爐
とうゆ 灯油 to.u.yu.	煤油

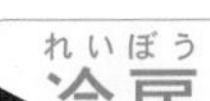

▸ 冷房（れいぼう）

re.i.bo.u.

冷氣

說明 冷氣除了叫「冷房（れいぼう）」，還可以用「クーラー」或「エアコン」等單字。

例句

例 冷房（れいぼう）をつけてください。

re.i.bo.u.o./tsu.ke.te./ku.da.sa.i.

開冷氣。

例 冷房（れいぼう）を消（け）します。

re.i.bo.u.o./ke.shi.ma.su.

把冷氣關掉。

相關單字

クーラー ku.u.ra.a.	冷氣
エアコン e.a.ko.n.	冷氣
扇風機（せんぷうき） se.n.pu.u.ki.	電風扇
節電（せつでん） se.tsu.de.n.	省電

れいぞうこ
▶冷蔵庫

re.i.zo.u.ko.

冰箱

說明 冰箱等家具在丟棄時，屬於大型垃圾，日文中稱為「粗大ごみ（そだいごみ）」，需要請專人回收處理。

例句

例 りんごを冷蔵庫（れいぞうこ）の中（なか）に入（い）れます。

ri.n.go.o./re.i.zo.u.ko.no./na.ka.ni./i.re.ma.su.

把蘋果放到冰箱裡。

例 冷蔵庫（れいぞうこ）にケーキがあります。

re.i.zo.u.ko.u.ni./ke.e.ki.ga./a.ri.ma.su.

冰箱裡有蛋糕。

相關單字

冷凍（れいとう） re.i.to.u.	冷凍
野菜室（やさいしつ） ya.sa.i.shi.tsu.	蔬果室
自動製氷（じどうせいひょう） ji.do.u.se.i.hyo.u.	製冰功能
保冷袋（ほれいぶくろ） ho.re.i.bu.ku.ro.	保冷袋

▸電子（でんし）レンジ

de.n.shi.re.n.ji.

微波爐

說明 使用微波爐加熱，動詞是用「温（あたた）めます」，也可以說「チンします」。

例句

例 電子（でんし）レンジで料理（りょうり）を作（つく）ります。

de.n.shi.re.n.ji.de./ryo.u.ri.o./tsu.ku.ri.ma.su.

用微波爐做菜。

例 電子（でんし）レンジでお弁当（べんとう）を温（あたた）めます。

de.n.shi.re.n.ji.de./o.be.n.to.u.o./a.ta.ta.me.ma.su.

用微波爐熱便當。

相關單字

温（あたた）めます a.ta.ta.me.ma.su.	加熱
炊飯器（すいはんき） su.i.ha.n.ki.	電子鍋
トースター to.o.su.ta.a.	烤箱
オーブン o.o.bu.n.	(大型)烤箱

▸テレビ

te.re.bi.

電視

說明 日本在2012年進行電視全面數位化，稱為「地(ち)デジ」。

例句

例 テレビを付(つ)けます。

te.re.bi.o./tsu.ke.ma.su.

打開電視。

例 テレビを見(み)ます。

te.re.bi.o./mi.ma.su.

看電視。

相關單字

録画(ろくが) ro.ku.ga.	錄影
チャンネル cha.n.ne.ru.	頻道
チューナー chu.u.na.a.	(電視電波)接收器、電視盒
地(ち)デジ chi.de.ji.	電視數位化

▶パソコン

pa.so.ko.n.

電腦

說明 一般桌上型電腦稱為「パソコン」，筆記型電腦則為「ノートブック」，平板電腦則是「タブレット」。

例句

例 パソコンを立（た）ち上（あ）げます。

pa.so.ko.n.o./ta.chi.a.ge.ma.su.

啟動電腦。

例 パソコンが壊（こわ）れました。

pa.so.ko.n.ga./ko.wa.re.ma.shi.ta.

電腦壞了。

相關單字

タブレット ta.bu.re.tto.	平板電腦
スマートフォン su.ma.a.to.fo.n.	智慧型手機
プリンター pu.ri.n.ta.a.	印表機
ノートブック no.o.to.bu.kku.	筆記型電腦

▶コーヒーメーカー

ko.o.hi.i.me.e.ka.a.

咖啡機

說明「コーヒーメーカー」是咖啡機，沖咖啡的動詞是用「いれます」，磨咖啡豆則是「豆(まめ)挽(び)き」。

例　句

例 コーヒーメーカーを買(か)いました。
ko.o.hi.i.me.e.ka.a.o./ka.i.ma.shi.ta.
買了咖啡機。

例 コーヒーメーカーにもいろいろな機能(きのう)があります。
ko.o.hi.i.me.e.ka.a.ni.mo./i.ro.i.ro.na./ki.no.u.ga./a.ri.ma.su.
咖啡機有各種不同的功能。

相關單字

ホームベカリー ho.o.mu.be.ka.ri.i.	麵包機
ミキサー mi.ki.sa.a.	果汁機
フードプロセッサー fu.u.do.pu.ro.se.ssa.a.	食物調理機
浄水器(じょうすいき) jo.u.su.i.ki.	淨水器

▸カミソリ

ka.mi.so.ri.

剃刀、刮鬍刀

說明「カミソリ」一般是指剃刀，「シェイバー」則指刮鬍刀或除毛刀。

例句

例 毎朝(まいあさ)かみそりを当(あ)てます。

ma.i.a.sa./ka.mi.so.ri.o./a.te.ma.su.

每天刮鬍子。

例 カミソリで指(ゆび)を切(き)ってしまいました。

ka.mi.so.ri.de./yu.bi.o./ki.tte./shi.ma.i.ma.shi.ta.

不小心被刮鬍刀割到手。

相關單字

シェイバー she.i.ba.a.	除毛刀、刮鬍刀
電気(でんき)カミソリ de.n.ki.ka.mi.so.ri.	電動刮鬍刀
電気脱毛器(でんきだつもうき) de.n.ki.da.tsu.mo.u.ki.	電動除毛機
電動(でんどう)シェイバー de.n.do.u.she.i.ba.a.	電動刮鬍刀、電動除毛刀

▸加湿器（かしつき）

ka.shi.tsu.ki.

加濕器

說明 「加湿器（かしつき）」也可以寫成「加湿機（かしつき）」。日本氣候較乾燥，加上冬天開暖氣，室內濕度較低，需要加濕器來增加濕度。

例句

例 暖房（だんぼう）により部屋（へや）の中（なか）が乾燥（かんそう）するので加湿器（かしつき）は必需品（ひつじゅひん）です。

da.n.bo.u.ni.yo.ri./he.ya.no.na.ka.ga./ka.n.so.u.su.ru.no.de./ka.shi.tsu.ki.wa./hi.tsu.ju.hi.n.de.su.

因為暖氣造成房間裡很乾燥，所以加濕器是必需品。

例 部屋（へや）の片隅（かたすみ）に加湿器（かしつき）を置（お）きます。

he.ya.no./ka.ta.su.mi.ni./ka.shi.tsu.ki.o./o.ki.ma.su.

在房間的角落放加濕器。

相關單字

除湿機（じょしつき）　除濕機
jo.shi.tsu.ki.

空気清浄機（くうきせいじょうき）　空氣清淨機
ku.u.ki.se.i.jo.u.ki.

イオン発生器（はっせいき）　臭氧產生機
i.o.n.ha.sse.i.ki.

▶ドライヤー

do.ra.i.ya.a.

吹風機

說明 吹風機有許多種類，除了一般吹風機外，還有直髮專用的「ヘアアイロン」和捲髮用的「カールドライヤー」。

例　句

例 ドライヤーで髪（かみ）をかわかします。

do.ra.i.ya.a.de./ka.mi.o./ka.wa.ka.shi.ma.su.

用吹風機吹乾頭髮。

例 ドライヤーをかけます。

do.ra.i.ya.a.o./ka.ke.ma.su.

用吹風機吹頭髮。

相關單字

ヘアアイロン he.a.a.i.ro.n.	平板夾
カールドライヤー ka.a.ru.do.ra.i.ya.a.	捲髮用吹風機
カールアイロン ka.a.ru.a.i.ro.n.	捲髮器
ヘアブラシ he.a.bu.ra.shi.	梳子

房間、格局

▶ 階段（かいだん）

ka.i.da.n.

樓梯

說明 日文中的「階段（かいだん）」是樓梯之意，而中文裡的「階段」在日文中則是說成「段階（だんかい）」。

例句

例 階段（かいだん）を降（お）ります。

ka.i.da.n.o./o.ri.ma.su.

下樓梯。

例 階段（かいだん）から落（お）ちます。

ka.i.da.n.ka.ra./o.chi.ma.su.

從樓梯上摔下來。

相關單字

非常階段（ひじょうかいだん） hi.jo.u.ka.i.da.n.	逃生梯
らせん階段（かいだん） ra.se.n.ka.i.da.n.	螺旋狀的樓梯
階（かい） ka.i.	…樓
石段（いしだん） i.shi.da.n.	石階

▶エレベーター

e.re.be.e.ta.a.

電梯

說明「エレベーター」是電梯，「エスカレーター」是電扶梯。

例句

例 エレベーターに乗(の)ります。
e.re.e.be.e.ta.a.ni./no.ri.ma.su.
乘坐電梯。

例 エレーベーターから出(で)ました。
e.re.e.be.e.ta.a.ka.ra./de.ma.shi.ta.
從電梯裡出來。

相關單字

エスカレーター e.su.ka.re.e.ta.a.	電扶梯
上(のぼ)ります no.bo.ri.ma.su.	向上
降(お)ります o.ri.ma.su.	往下

▶ドア

do.a.

門

說明「ドア」也可以說成「戸（と）」、「扉（とびら）」。門把則為「ノブ」。

例句

例 ドアを開（あ）けます。

do.a.o./a.ke.ma.su.

開門。

例 ドアを閉（し）めます。

do.a.o./shi.me.ma.su.

關門。

相關單字

戸（と） to.	門
扉（とびら） to.bi.ra.	門
玄関（げんかん） ge.n.ka.n.	玄關
入り口（いぐち） i.ri.gu.chi.	入口

▶ 窓（まど）

ma.do.

窗戶

說明 打開窗戶的動詞是「開（あ）けます」，關上窗戶的動詞是「閉（し）めます」。

例句

例 窓（まど）を開（あ）けます。

ma.do.o./a.ke.ma.su.

打開窗戶。

例 窓（まど）から中（なか）をのぞきます。

ma.do.ka.ra./na.ka.o./no.zo.ki.ma.su.

從窗子往裡看。

相關單字

通風口（つうふうこう） tsu.u.fu.u.ko.u.	通風口
車窓（しゃそう） sha.so.u.	車窗
ガラス窓（まど） ga.ra.su.ma.do.	玻璃窗
のぞき穴（あな） no.zo.ki.a.na.	(門上的)貓眼、窺孔

▸部屋(へや)

he.ya.

房間

說明 屋子裡的的房間都稱為「部屋(へや)」；書房稱為「勉強部屋(べんきょうべや)」，小孩房稱為「子供部屋(こどもべや)」。

例句

例 部屋(へや)に入(はい)ります。

he.ya.ni./ha.i.ri.ma.su.

進入房間。

例 この家(いえ)には部屋(へや)が3つ(みっつ)あります。

ko.no.i.e.ni.wa./he.ya.ga./mi.ttsu./a.ri.ma.su.

這間屋子有3間房。

相關單字

書斎(しょさい) sho.sa.i.	書房
勉強部屋(べんきょうべや) be.n.kyo.u.be.ya.	書房
子供部屋(こどもべや) ko.do.mo.be.ya.	小孩房
寝室(しんしつ) shi.n.shi.tsu.	臥室

▸ 浴室（よくしつ）

yo.ku.shi.tsu.

浴室

說明 日本的浴室多半是乾濕分離。有脫衣的衣物間「脱衣室（だついしつ）」，廁所「トイレ」和有浴缸的浴室「バスルーム」。

例句

例 浴室（よくしつ）をリフォームしました。

yo.ku.shi.tsu.o./ri.fo.o.mu./shi.ma.shi.ta.

將浴室重新整修過。

例 浴室（よくしつ）で転（ころ）びました。

yo.ku.shi.tsu.de./ko.ro.bi.ma.shi.ta.

在浴室跌倒。

相關單字

浴場（よくじょう） yo.ku.jo.u.	公共浴場
バスルーム ba.su.ru.u.mu.	洗澡間、浴室
風呂場（ふろば） fu.ro.ba.	洗澡間
脱衣室（だついしつ） ta.tsu.i.shi.tsu.	脫衣室、脫衣間

▸トイレ

to.i.re.

廁所

說明 日本的廁所分為「洋式（ようしき）」(坐式)和「和式（わしき）」(蹲式)。「トイレ」也可以用來當「馬桶」的意思。

例句

例 トイレはどこですか。

to.i.re.wa./do.ko.de.su.ka.

請問廁所在哪裡？

例 彼（かれ）は今（いま）トイレにいます。

ka.re.wa./i.ma./to.i.re.ni./i.ma.su.

他現在去廁所了。

相關單字

お手洗い（てあらい） o.te.a.ra.i.	洗手間
洗面所（せんめんじょ） se.n.me.n.jo.	洗手間
化粧室（けしょうしつ） ke.sho.u.shi.tsu.	洗手間、化妝室
便器（べんき） be.n.ki.	便器、馬桶

▶キッチン

ki.cchi.n.

廚房

說明 「キッチン」也可以稱為「台所（だいどころ）」，廚房同時兼作飯廳可用餐的，稱為「ダイニングキッチン」。

例句

例 キッチンを掃除（そうじ）します。
ki.cchi.n.o./so.u.ji.shi.ma.su.
打掃廚房。

例 キッチンを自分（じぶん）でリフォームしました。
ki.cchi.n.o./ji.bu.n.de./ri.fo.o.mu.shi.ma.shi.ta.
自己翻修廚房。

相關單字

台所（だいどころ） da.i.do.ko.ro.	廚房
調理場（ちょうりば） cho.u.ri.ba.	廚房
厨房（ちゅうぼう） chu.u.bo.u.	廚房
ダイニングキッチン da.i.ni.n.gu.ki.cchi.n.	有餐桌的廚房

▸リビング

ri.bi.n.gu.

客廳

例句

例 リビングでくつろぎます。

ri.bi.n.gu.de./ku.tsu.ro.gi.ma.su.

放鬆坐在客廳。

例 子供(こども)がリビングでテレビを見(み)ています。

ko.do.mo.ga./ri.bi.n.gu.de./te.re.bi.o./mi.te.i.ma.su.

小孩在客廳看電視。

相關單字

茶(ちゃ)の間(ま)　客廳

cha.no.ma.

居間(いま)　客廳

i.ma.

居室(きょしつ)　客廳

kyo.shi.tsu.

リビングルーム　客廳

ri.bi.n.gu.ru.u.mu.

▸ベランダ

be.ra.n.da.

陽台

說明 「ベランダ」是有屋頂的陽台，「バルコニー」則是沒有屋頂的，「テラス」則是較寬廣的露台或室外空間。

例句

例 ベランダでハーブを育(そだ)てます。

be.ra.n.da.de./ha.a.bu.o./so.da.te.ma.su.

在陽台種香草。

例 ベランダでタバコを吸(す)わないでください。

be.ra.n.da.de./ta.ba.ko.o./su.wa.na.i.de.ku.da.sa.i.

請勿在陽台吸菸。

相關單字

バルコニー ba.ru.ko.ni.i.	陽台、露台
テラス te.ra.su.	陽台、露台
縁側(えんがわ) e.n.ga.wa.	和式房子的外面走廊
回廊(かいろう) ka.i.ro.u.	迴廊

▶ 庭（にわ）

ni.wa.

院子

說明 「庭（にわ）」是院子之意，日本家庭常會在院子種植花草，美化環境。

例句

例 庭（にわ）の手入（てい）れをします。

ni.wa.no./te.i.re.o./shi.ma.su.

整理庭園。

例 あの家（いえ）は庭（にわ）が広（ひろ）いです。

a.no.i.e.wa./ni.wa.ga./hi.ro.i.de.su.

那個家的院子很大。

相關單字

庭園（ていえん） te.i.e.n.	庭園
洋風庭園（ようふうていえん） yo.u.fu.u.te.i.e.n.	西式庭園
和風庭園（わふうていえん） wa.fu.u.te.i.e.n.	日式庭園
ガーデン ga.a.de.n.	花園

交通、交通工具

▶飛行機（ひこうき）

hi.ko.u.ki.

飛機

說明 常見的空中交通工具有飛機「飛行機（ひこうき）」、直昇機「ヘリコプター」。直昇機又叫「ヘリ」。

例句

例 飛行機（ひこうき）から降（お）ります。

hi.ko.u.ki.ka.ra./o.ri.ma.su.

從飛機上下來。/下飛機。

例 彼（かれ）は1度（いちど）も飛行機（ひこうき）に乗（の）ったことがありません。

ka.re.wa./i.chi.do.mo./hi.ko.u.ki.ni./no.tta.ko.to.ga./a.ri.ma.se.n.

他從來沒坐過飛機。

相關單字

ジェット機（き） je.tto.ki.	噴射機
ヘリーコプター he.ri.i.ko.pu.ta.a.	直昇機
軍用機（ぐんようき） gu.n.yo.u.ki.	軍用機
貨物機（かもつき） ka.mo.tsu.ki.	貨機

くるま
▶ 車

ku.ru.ma.

車子

說明 車子除了叫「車（くるま）」，還可以叫「自動車（じどうしゃ）」，駕訓班叫做「自動車学校（じどうしゃがっこう）」。

例句

例 車（くるま）で会社（かいしゃ）へ行（い）きます。

ku.ru.ma.de./ka.i.sha.e./i.ki.ma.su.

開車去公司。

例 車（くるま）を運転（うんてん）できますか。

ku.ru.ma.o./u.n.te.n.de.ki.ma.su.ka.

會開車嗎？

相關單字

自動車（じどうしゃ） ji.do.u.sha.	車
タクシー ta.ku.shi.i.	計程車
トラック to.ra.kku.	卡車
マイカー ma.i.ka.a.	自己的車**(my car)**

▶ 船（ふね）

fu.ne.

船

說明 載人往來兩地的船為「フェリー」；觀光遊湖的船則為「遊覧船（ゆうらんせん）」。

例句

例 船（ふね）で福岡（ふくおか）に行（い）きました。

fu.ne.de./fu.ku.o.ka.ni./i.ki.ma.shi.ta.

坐船去了福岡。

例 船（ふね）を漕（こ）ぎます。

fu.ne.o./ko.gi.ma.su.

划船。

相關單字

船酔（ふなよ）い fu.na.yo.i.	暈船
遊覧船（ゆうらんせん） yu.u.ra.n.se.n.	觀光船
ヨット yo.tto.	帆船
ボート bo.o.to.	船

でんしゃ
▸電車

de.n.sha.

電車、火車

說明 一般普通的火車叫「電車（でんしゃ）」，行駛的路線稱為「在来線（ざいらいせん）」，高速鐵路則叫「新幹線（しんかんせん）」。

例句

例 この電車（でんしゃ）は新宿（しんじゅく）行（ゆ）きですか。

ko.no.de.n.sha.wa./shi.n.ju.ku.yu.ki./de.su.ka.

這台火車開往新宿嗎？

例 新宿（しんじゅく）で電車（でんしゃ）に乗（の）りました。

shi.n.ju.ku.de./de.n.sha.ni./no.ri.ma.shi.ta.

在新宿上了火車。

相關單字

私鉄電車（してつでんしゃ） shi.te.tsu.de.n.sha.	私人鐵路公司
地下鉄（ちかてつ） chi.ka.te.tsu.	地下鐵
新幹線（しんかんせん） sh.n.ka.n.se.n.	新幹線
路面電車（ろめんでんしゃ） ro.me.n.de.n.sha.	路面電車

▶バス

ba.su.

公車、巴士

說明 一般行駛市區內短程的巴士稱為「路線(ろせん)バス」，長程巴士為「高速(こうそく)バス」。

例句

例 バスで渋谷(しぶや)へ行(い)きました。

ba.su.de./shi.bu.ya.e./i.ki.ma.shi.ta.

坐巴士去澀谷。

例 この辺(へん)にはバスが通(とお)っていますか。

ko.no.he.n.ni.wa./ba.su.ga./to.o.tte.i.ma.su.ka.

這邊有巴士經過嗎？

相關單字

高速(こうそく)バス ko.u.so.ku.ba.su.	長程巴士
観光(かんこう)バス ka.n.ko.u.ba.su.	觀光巴士
バスツアー ba.su.tsu.a.a.	巴士旅行
市(し)バス shi.ba.su.	市營巴士

えき
▶駅

e.ki.

車站

說明 火車的車站稱為「駅（えき）」，巴士的總站稱為「ターミナル」，公車站則是「バス停（てい）」。

例句

例 この列車（れっしゃ）の始発駅（しはつえき）は品川駅（しながわえき）です。
ko.no.re.ssha.no./shi.ha.tsu.e.ki.wa./shi.na.ga.wa.e.ki.de.su.
這列火車是從品川站發車的。

例 品川駅（しながわえき）で乗（の）り換（か）えます。
shi.na.ga.wa.e.ki.de./no.ri.ka.e.ma.su.
在品川站換乘。

相關單字

のりば no.ri.ba.	乘車處
ホーム ho.o.mu.	月台
改札口（かいさつぐち） ka.i.sa.tsu.gu.chi.	剪票口
時刻表（じこくひょう） ji.ko.ku.hyo.u.	時刻表

▶きっぷ

ki.ppu.

車票

說明 車票為「きっぷ」，賣票的地方是「きっぷ売り場」；除了車票以外的票券稱為「チケット」。

例句

例 地下鉄の切符を買います。
chi.ka.te.tsu.no./ki.ppu.o./ka.i.ma.su.
買地下鐵的車票。

例 京都まで指定席の往復切符を2枚ください
kyo.u.to.ma.de./shi.te.i.se.ki.no./o.u.fu.ku.ki.ppu.o./ni.ma.i./ku.da.sa.i.
請給我到京都來回的指定席車票兩張。

相關單字

チケット chi.ke.tto.	票券
電子マネー de.n.shi.ma.ne.e.	儲值卡
片道きっぷ ka.ta.mi.chi.ki.ppu.	單程車票
往復きっぷ o.u.fu.ku.ki.ppu.	來回車票

▶料金（りょうきん）

ryo.u.ki.n.

費用

說明 「料金（りょうきん）」是費用的意思，如「駐車料金（ちゅうしゃりょうきん）」就是停車費的意思。

例句

例 郵便料金（ゆうびんりょうきん）が上（あ）がりました。

yu.u.bi.n.ryo.u.ki.n.ga./a.ga.ri.ma.shi.ta.

郵寄金額變高了。

例 駐車料金（ちゅうしゃりょうきん）は600円（ろっぴゃくえん）でした。

chu.u.sha.ryo.u.ki.n.wa./ro.ppya.ku.e.n.de.shi.ta.

停車費是600日圓。

相關單字

乗車料金（じょうしゃりょうきん） jo.u.sha.ryo.u.ki.n.	車資
精算機（せいさんき） se.i.sa.n.ki.	(車站內)補票機
チャージ cha.a.ji.	加值
運賃（うんちん） u.n.chi.n.	車資

▶乗り換え

no.ri.ka.e.

換車

說明 「乗り換え」是換乘、轉乘之意。坐過頭則是「乗り越し」。

例句

例 新宿で山手線に乗り換えです。

shi.n.ju.ku.de./ya.ma.no.te.se.n.ni./no.ri.ka.e.de.su.

在新宿站換乘山手線。

例 乗り換え駅を通り越してしまいました。

no.ri.ka.e.e.ki.o./to.o.ri.ko.shi.te./shi.ma.i.ma.shi.ta.

坐過頭錯過轉乘的車站。

相關單字

乗り換え駅　轉乘站

no.ri.ka.e.e.ki.

連絡改札口　轉乘兩路線的連通票口

re.n.ra.ku.ka.i.sa.tsu.gu.chi.

乗り換えきっぷ　轉乘車票

no.ri.ka.e.ki.ppu.

おうふく
▸往復

o.u.fu.ku.

來回

說明 來回是「往復（おうふく）」，單程則是「片道（かたみち）」；去程是「往路（おうろ）」、「行（い）き」，回程是「復路（ふくろ）」、「帰（かえ）り」。固定區間的定期月票則是「定期券（ていきけん）」。

例句

例 学校（がっこう）への往復（おうふく）はバスを利用（りよう）します。

ga.kko.u.e.no./o.u.fu.ku.wa./ba.su.o./ri.yo.u.shi.ma.su.

坐巴士往來學校。

例 往復料金（おうふくりょうきん）は3000円（さんぜんえん）です。

o.u.fu.ku.ryo.u.ki.n.wa./sa.n.ze.n.e.n.de.su.

來回金額是3000日圓。

相關單字

片道（かたみち） ka.ta.mi.chi.	單程
復路（ふくろ） fu.ku.ro.	回程
往路（おうろ） o.u.ro.	去程
定期券（ていきけん） te.i.ki.ke.n.	定期車票

通勤（つうきん）

tsu.u.ki.n.

通勤

說明 上班或上學的通勤稱為「通勤（つうきん）」，定期前往補習班、健身房等，則是用動詞「通（かよ）います」。

例句

例 バスと電車（でんしゃ）で通勤（つうきん）しています。

ba.su.to./de.n.sha.de./tsu.u.ki.n.shi.te.i.ma.su.

坐巴士(公車)和火車通勤。

例 彼（かれ）は随分（ずいぶん）遠（とお）くから通勤（つうきん）しています。

ka.re.wa./zu.i.bu.n./to.o.ku.ka.ra./tsu.u.ki.n.shi.te.i.ma.su.

他從很遠的地方通勤。

相關單字

移動（いどう） i.do.u.	移動(到某地)
通学（つうがく） tsu.u.ga.ku.	上學、上下學
通（かよ）います ka.yo.i.ma.su.	固定時間前往某地
通勤時間（つうきんじかん） tsu.u.ki.n.ji.ka.n.	通勤時間

街道、建物

▶ 道路（どうろ）

do.u.ro.

道路、馬路

說明 「道路（どうろ）」是指一般較大，車子行駛的馬路。「街（まち）」則泛指所有的路。

例句

例 道路（どうろ）を横断（おうだん）します。

do.u.ro.o./o.u.da.n.shi.ma.su.

橫越馬路。

例 道路（どうろ）で遊（あそ）んではいけません。

do.u.ro.de./a.so.n.de.wa./i.ke.ma.se.n.

不可以在馬路上玩。

相關單字

街（まち） ma.chi.	街道
繁華街（はんかがい） ha.n.ka.ga.i.	熱鬧的街道
商店街（しょうてんがい） sho.u.te.n.ga.i.	商店街

こうさてん
▸交差点

ko.u.sa.te.n.

路口

說明 路口稱為「交差点（こうさてん）」，十字路口則為「十字路（じゅうじろ）」。

例句

例 交差点（こうさてん）で乗用車（じょうようしゃ）とワゴン車（しゃ）が衝突（しょうとつ）しました。

ko.u.sa.te.n.de./jo.u.yo.u.sha.to./wa.go.n.sha.ga./sho.u.to.tsu.shi.ma.shi.ta.

在路口，自用車和廂型車相撞。

例 前（まえ）の交差点（こうさてん）を右（みぎ）へ曲（ま）がってください。

ma.e.no./ko.u.sa.te.n.o./mi.gi.e./ma.ga.tte./ku.da.sa.i.

請在前面的路口右轉。

相關單字

信号（しんごう） shi.n.go.u.	紅綠燈
十字路（じゅうじろ） ju.u.ji.ro.	十字路口
三叉路（さんさろ） sa.n.sa.ro.	三叉路

▸横断歩道(おうだんほどう)

o.u.da.n.ho.do.u.

斑馬線

說明「横断歩道(おうだんほどう)」就是斑馬線，「歩行者天国(ほこうしゃてんごく)」是行人徒步區。

例句

例 横断歩道(おうだんほどう)を渡(わた)ります。

o.u.da.n.ho.do.u.o./wa.ta.ri.ma.su.

過斑馬線。

例 横断歩道(おうだんほどう)で一旦停止(いったんていし)します。

o.u.da.n.ho.do.u.de./i.tta.n./te.i.shi.shi.ma.su.

在斑馬線前暫時停車(再開)。

相關單字

歩道(ほどう) ho.do.u.	步道
通路(つうろ) tsu.u.ro.	可以過的路
歩行者(ほこうしゃ) ho.ko.u.sha.	行人
歩行者天国(ほこうしゃてんごく) ho.ko.u.sha.te.n.go.ku.	行人徒步區

▸映画館（えいがかん）

e.i.ga.ka.n.

電影院

說明 電影院一般說「映画館（えいがかん）」或是「劇場（げきじょう）」，複合式影城則是「シネコン」。

例句

例 休（やす）みはいつも映画館（えいがかん）に行（い）きます。

ya.su.mi.wa./i.tsu.mo./e.i.ga.ka.n.ni./i.ki.ma.su.

休假時總是去電影院。

例 映画館（えいがかん）で時間（じかん）をつぶします。

e.i.ga.ka.n.de./ji.ka.n.o./tsu.bu.shi.ma.su.

在電影院打發時間。

相關單字

カラオケ ka.ra.o.ke.	卡啦 **OK**
ネットカフェ ne.tto.ka.fe.	網咖
シネコン si.ne.ko.n.	複合式影院
劇場（げきじょう） ge.ki.jo.u.	電影院、劇場

▸ビル

bi.ru.

大樓

說明 「ビル」泛指所有的大樓建築，矮的高的都叫「ビル」。

例句

例 世界一高いビルを建てます。

se.ka.i.i.chi.ta.ka.i.bi.ru.o./ta.te.ma.su.

建世界最高的樓。

例 駅前に新しいビルが増えています。

e.ki.ma.e.ni./a.ta.ra.shi.i.bi.ru.ga./fu.e.te.i.ma.su.

車站前的新大樓一直在增加。

相關單字

建物（たてもの） ta.te.mo.no.	建築物
高層ビル（こうそうビル） ko.u.so.u.bi.ru.	高樓
超高層ビル（ちょうこうそうビル） cho.u.ko.u.so.u.bi.ru.	超高樓
摩天楼（まてんろう） ma.te.n.ro.u.	摩天樓

ちゅうしゃじょう
▸駐車場

chu.u.sha.jo.u.

停車場

說明 停車場是「駐車場（ちゅうしゃじょう）」，禁止停車是「駐車禁止（ちゅうしゃきんし）」。

例句

例 専用駐車場（せんようちゅうしゃじょう）に車（くるま）を止（と）めます。

se.n.yo.u.chu.u.sha.jo.u.ni./ku.ru.ma.o./to.me.ma.su.

在專用停車場停車。

例 駐車場（ちゅうしゃじょう）で車（くるま）をぶつけてしまいました。

chu.u.sha.jo.u.de./ku.ru.ma.o./bu.tsu.ke.te./shi.ma.i.ma.shi.ta.

車子在停車場撞到東西。

相關單字

駐車（ちゅうしゃ）スペース　停車位子

chu.u.sha.su.pe.e.su.

パーキングエリア　停車場

pa.a.ki.n.gu.e.ri.a.

立体駐車場（りったいちゅうしゃじょう）　立體停車場

ri.tta.i.chu.u.sha.jo.u.

月極駐車場（つきぎめちゅうしゃじょう）　月租式停車場

tu.ki.gi.me.chu.u.sha.jo.u.

▶交番（こうばん）

ko.u.ba.n.

警察局

說明 「交番（こうばん）」是規模較小的警察局，在車站或觀光地區，常看到警察局前面寫著「KOBAN」，即是「交番（こうばん）」之意。

例句

例 事件（じけん）を交番（こうばん）に知（し）らせます。

ji.ke.n.o./ko.u.ba.ni./shi.ra.se.ma.su.

到警局通報意外。

例 拾（ひろ）った金（かね）を交番（こうばん）に届（とど）けました。

hi.ro.tta.ka.ne.o./ko.u.ba.n.ni./to.do.ke.ma.shi.ta.

把撿到的錢交到了警局。

相關單字

おまわりさん o.ma.wa.ri.sa.n.	巡警
駐在所（ちゅうざいしょ） chu.u.za.i.sho.	派出所
観光案内所（かんこうあんないじょ） ka.n.ko.u.a.n.na.i.jo.	觀光介紹所
インフォーメーション i.n.fo.o.me.e.sho.n.	詢問處

病院

びょういん

byo.u.i.n.

醫院

說明 「病院（びょういん）」是統稱，較小型的診所也叫「診療所（しんりょうじょ）」或「クリニック」。

例句

例 彼（かれ）は病院（びょういん）に入（はい）っています。
ka.re.wa./byo.u.i.n.ni./ha.i.tte.i.ma.su.
他在住院。

例 病院（びょういん）にいる課長（かちょう）を見舞（みま）いに行（い）きます。
byo.u.i.n.ni.i.ru.ka.cho.u.o./mi.ma.i.ni./i.ki.ma.su.
去探望住院的課長。

相關單字

診療所（しんりょうじょ） shi.n.ryo.u.jo.	小醫院
クリニック ku.ri.ni.kku.	診所
医療施設（いりょうしせつ） i.ryo.u.shi.se.tsu.	醫療單位
診察室（しんさつしつ） shi.n.sa.tsu.shi.tsu.	看診間

▸アパート

a.pa.a.to.

公寓

說明 「アパート」指的是一般2、3層較簡單的公寓，若是較新式的，則稱為「マンション」。

例句

例 アパートを借(か)ります。

a.pa.a.to.o./ka.ri.ma.su.

租公寓。

例 新(あたら)しいアパートに引越(ひっこ)しました。

a.ta.ra.shi.i./a.pa.a.to.ni./hi.kko.shi.ma.shi.ta.

搬到新的公寓。

相關單字

マンション ma.n.sho.n.	高級公寓
一軒家(いっけんや) i.kke.n.ya.	獨棟建築
住宅(じゅうたく) ju.u.ta.ku.	住宅
家(いえ) i.e.	家、房子

図書館（としょかん）

to.sho.ka.n.

圖書館

說明 在圖書館借書為「貸し出し（かしだし）」，還書為「返却（へんきゃく）」。

例句

例 図書館（としょかん）で勉強（べんきょう）します。

to.sho.ka.n.de./be.n.kyo.u.shi.ma.su.

在圖書館念書。

例 図書館（としょかん）で本（ほん）を借（か）ります。

to.sho.ka.n.de./ho.n.o./ka.ri.ma.su.

在圖書館借書。

相關單字

博物館（はくぶつかん） ha.ku.bu.tsu.ka.n.	博物館
美術館（びじゅつかん） bi.ju.tsu.ka.n.	美術館
科学館（かがくかん） ka.ga.ku.ka.n.	科學館
動物園（どうぶつえん） do.u.bu.tsu.e.n.	動物園

郵便局（ゆうびんきょく）

yu.u.bi.n.kyo.ku.

郵局

說明 日本的郵局，除了一般的郵務，也有郵政銀行，叫做「ゆちょ銀行（ぎんこう）」。

例句

例 郵便局（ゆうびんきょく）はこのビルの1階（いっかい）にあります。
yu.u.bi.n.kyo.ku.wa./ko.no.bi.ru.no./i.kka.i.ni./a.ri.ma.su.
郵局在這棟大樓的1樓。

例 郵便局（ゆうびんきょく）で切手（きって）を買（か）います。
yu.u.bi.n.kyo.ku.de./ki.tte.o./ka.i.ma.su.
在郵局買郵票。

相關單字

ポスト po.su.to.	郵筒
銀行（ぎんこう） gi.n.ko.u.	銀行
信用金庫（しんようきんこ） shi.n.yo.u.ki.n.ko.	信用合作社
金融機関（きんゆうきかん） ki.n.yu.u.ki.ka.n.	金融機關

大自然風景

▶ 空（そら）

so.ra.

天空

說明 天空是「空（そら）」，宇宙是「宇宙（うちゅう）」。

例句

例 空（そら）を飛（と）びます。

so.ra.o./to.bi.ma.su.

在天空中飛。

例 たこが空（そら）に舞（ま）い上（あ）がりました。

ta.ko.ga./so.ra.ni./ma.i.a.ga.ri.ma.shi.ta.

風箏飛上了天空。

相關單字

宇宙（うちゅう） u.chu.u.	宇宙
太陽（たいよう） ta.i.yo.u.	太陽
月（つき） tsu.ki.	月亮
星（ほし） ho.shi.	星星

▶ 海（うみ）

u.mi.

海洋

說明 「海（うみ）」是海洋，「なみ」是海浪，海嘯則是「つなみ」。

例句

例 沖縄（おきなわ）の海（うみ）で泳（およ）ぎたいです。

o.ki.na.wa.no./u.mi.de./o.yo.gi.ta.i.de.su.

想要在沖繩的海游泳。

例 今年（ことし）の夏（なつ）も海（うみ）へ行（い）きます。

ko.to.shi.no.na.tsu.mo./u.mi.e./i.ki.ma.su.

今年夏天也要去海邊。

相關單字

海辺（うみべ） u.mi.be.	海邊
海岸（かいがん） ka.i.ga.n.	海岸
池（いけ） i.ke.	池塘
湖（みずうみ） mi.zu.u.mi.	湖

▶ 山(やま)

ya.ma.

山

說明 日本最具代表性的山就是「富士山(ふじさん)」。

例句

例 山(やま)を登(のぼ)ります。

ya.ma.o./no.bo.ri.ma.su.

登山。

例 スキーをしに山(やま)に行(い)きました。

su.ki.i.o./shi.ni./ya.ma.ni./i.ki.ma.shi.ta.

為了滑雪而到山裡。

相關單字

丘(おか) o.ka.	山丘
ふもと fu.mo.to.	山麓
頂上(ちょうじょう) cho.u.jo.u.	山頂
谷(たに) ta.ni.	山谷

大自然風景

▶ 島（しま）

shi.ma.

島

說明 日本是島嶼國家，日本列島就是「日本列島（にほんれっとう）」。

例 彼（かれ）は小（ちい）さい島（しま）に住（す）んでいます。

ka.re.wa./chi.i.sa.i.shi.ma.ni./su.n.de.i.ma.su.

他住在小島上。

例 沖縄（おきなわ）は日本（にほん）にある島（しま）です。

o.ki.na.wa.wa./ni.ho.n.ni./a.ru./shi.ma.de.su.

沖繩是隸屬於日本的島嶼。

相關單字

無人島（むじんとう） mu.ji.n.to.u.	無人島
列島（れっとう） re.tto.u.	列島
諸島（しょとう） sho.to.u.	諸島、列島
本島（ほんとう） ho.n.to.u.	本島

▶ 川（かわ）

ka.wa.

河、川

說明 日本的「河（かわ）」和「川（かわ）」都是相同的念法。

例句

例 川（かわ）を渡（わた）ります。

ka.wa.o./wa.ta.ri.ma.su.

渡河。

例 川（かわ）があふれました。

ka.wa.ga./a.fu.re.ma.shi.ta.

河川氾濫。

相關單字

河川（かせん） ka.se.n.	河川
運河（うんが） u.n.ga.	運河
河（かわ） ka.wa.	河
流（なが）れ na.ga.re.	水流

たき
▶ 滝

ta.ki.

瀑布

說明 在瀑布下讓水沖洗雜念，鍛練自己身心的一種修行，叫做「滝行（たきぎょう）」。

例句

例 滝（たき）に打（う）たれます。

ta.ki.ni./u.ta.re.ma.su.

讓瀑布沖打自己的身體。

例 雨（あめ）が滝（たき）のように降（ふ）りました。

a.me.ga./ta.ki.no.yo.u.ni./fu.ri.ma.shi.ta.

雨像瀑布一樣落下。

相關單字

沼（ぬま） nu.ma.	沼澤、泥沼
池（いけ） i.ke.	池塘
平野（へいや） he.i.ya.	平原
盆地（ぼんち） bo.n.chi.	盆地

▶ 森（もり）

mo.ri.

森林

說明 日本有許多森林，其中最多的就是杉樹林，杉樹在春天會產生許多花粉，這就是日本人在春天花粉過敏的原因。

例句

例 森（もり）の中（なか）を散歩（さんぽ）します。

mo.ri.no.na.ka.o./sa.n.po.shi.ma.su.

在森中散步。

例 広（ひろ）い森（もり）をハイキングします。

hi.ro.i./mo.ri.o./ha.i.ki.n.gu.shi.ma.su.

在廣大的森林中散步。

相關單字

樹海（じゅかい） ju.ka.i.	樹海
ジャングル ja.n.gu.ru.	叢林
木（き） ki.	樹
樹木（じゅもく） ju.mo.ku.	樹木

▸土地（とち）

to.chi.

土地

說明 土地可以指實際的地面，也可以指資產的土地。

例句

例 土地（とち）を耕（たがや）します。

to.chi.o./ta.ga.ya.shi.ma.su.

耕作土地。

例 土地（とち）に投資（とうし）します。

to.chi.ni./to.u.shi.shi.ma.su.

投資土地。

相關單字

大地（だいち） da.i.chi.	大地
地面（じめん） ji.me.n.	地面
領土（りょうど） ryo.u.do.	領土
国土（こくど） ko.ku.do.	國土

▶ 草原（そうげん）

so.u.gen.n.

草原

說明 草原是「草原（そうげん）」，平原是「平野（へいや）」，高原是「高地（こうち）」。

例句

例 雄大（ゆうだい）な草原（そうげん）をバスが走（はし）ります。

yu.u.da.i.na./so.u.ge.n.o./ba.su.ga./ha.shi.ri.ma.su.

巴士行駛在廣大的草原上。

例 草原（そうげん）で寝転（ねころ）がっています。

so.u.ge.n.de./ne.ko.ro.ga.tte.i.ma.su.

在草原上躺下來小憩。

相關單字

平地（へいち） he.i.chi.	平地
高地（こうち） ko.u.chi.	高地
低地（ていち） te.i.chi.	低地
湿地（しっち） shi.cchi.	濕地

みずうみ
▶ 湖

mi.zu.u.mi.

湖

說明 日本最大的湖是在滋賀縣的「琵琶湖（びわこ）」，在當地可以坐遊湖船欣賞湖上風光。

例句

例 湖（みずうみ）で釣（つ）りをします。

mi.zu.u.mi.de./tsu.ri.o./shi.ma.su.

在湖上釣魚。

例 湖（みずうみ）で泳（およ）ぎます。

mi.zu.u.mi.de./o.yo.gi.ma.su.

在湖裡游泳。

相關單字

堀（ほり） ho.ri.	較深的小水池
水（みず）たまり mi.zu.ta.ma.ri.	水窪
沼（ぬま） nu.ma.	泥沼
ダム da.mu.	水壩

▶ 渓谷（けいこく）

ke.i.ko.ku.

溪谷

說明 日本屬於多山國家，故也有許多有名的峽谷，像「高千穗峡（たかちほきょう）」、「黒部峡谷（くろべきょうこく）」等。

例句

例 車（くるま）が渓谷（けいこく）に転落（てんらく）しました。

ku.ru.ma.ga./ke.i.ko.ku.ni./te.n.ra.ku.shi.ma.shi.ta.

車子翻落到溪谷中。

例 橋（はし）は渓谷（けいこく）に掛（か）かっています。

ha.shi.wa./ke.i.ko.ku.ni./ka.ka.tte.i.ma.su.

橋橫跨在溪谷上。

相關單字

峡谷（きょうこく） kyo.u.ko.ku.	峽谷
谷（たに） ta.ni.	谷
崖（がけ） ga.ke.	懸崖
絶壁（ぜっぺき） ze.ppe.ki.	絕壁

植物、水果、蔬菜

▶ 植物（しょくぶつ）

sho.ku.bu.tsu.

植物

說明「植物（しょくぶつ）」是所有植物的總稱，種植植物的動詞是用「植（う）えます」。

例句

例 私（わたし）の専門（せんもん）は植物生態学（しょくぶつせいたいがく）です。

wa.ta.shi.no.se.n.mo.n.wa./sho.ku.bu.tsu.se.i.ta.i.ga.ku.de.su.

我的專業是植物生態學。

例 植物（しょくぶつ）を植（う）えます。

sho.ku.bu.tsu.o./u.e.ma.su.

種植植物。

相關單字

野生植物（やせいしょくぶつ）　野生植物

ya.se.i.sho.ku.bu.tsu.

園芸植物（えんげいしょくぶつ）　園藝植物

e.n.ge.i.sho.ku.bu.tsu.

観葉植物（かんようしょくぶつ）　觀賞用植物

ka.n.yo.u.sho.ku.bu.tsu.

盆栽（ぼんさい）　盆栽

bo.n.sa.i.

くだもの
▶ 果物

ku.da.mo.no.

水果

說明 日本常見的水果有：蘋果「りんご」、橘子「みかん」、香蕉「ばなな」、草莓「いちご」、柿子「かき」。

例　句

例 果物(くだもの)をたくさん食(た)べます。

ku.da.mo.no.o./ta.ku.sa.n./ta.be.ma.su.

吃很多水果。

例 スーパーで果物(くだもの)を買(か)います。

su.u.pa.a.de./ku.da.mo.no.o./ka.i.ma.su.

在超市買水果。

相關單字

りんご ri.n.go.	蘋果
バナナ ba.na.na.	香蕉
いちご i.chi.go.	草莓
みかん mi.ka.n.	橘子

野菜（やさい）

ya.sa.i.

蔬菜

說明 日本常見的蔬菜有高麗菜「キャベツ」、白菜「白菜（はくさい）」、菠菜「ほうれん草（そう）」等。

例句

例 野菜（やさい）が高騰（こうとう）します。

ya.sa.i.ga./ko.u.to.u.shi.ma.su.

菜價居高不下。

例 野菜（やさい）を食（た）べます。

ya.sa.i.o./ta.be.ma.su.

吃蔬菜。

相關單字

キャベツ kya.be.tsu.	高麗菜
白菜（はくさい） ha.ku.sa.i.	白菜
小松菜（こまつな） ko.ma.tsu.na.	小松菜
ほうれん草（そう） ho.u.re.n.so.u.	菠菜

▸きゅうり

kyu.u.ri.

小黃瓜

說明 日本常見的瓜類有：西瓜「スイカ」、小黃瓜「きゅうり」、哈蜜瓜「メロン」。

例　句

例 きゅうりの漬物（つけもの）を作（つく）ります。

kyu.u.ri.no./tsu.ke.mo.no.o./tsu.ku.ri.ma.su.

醃小黃瓜。

例 きゅうりを炒（いた）めます。

kyu.u.ri.o./i.ta.me.ma.su.

炒小黃瓜。

相關單字

なす na.su.	茄子
じゃがいも ja.ga.i.mo.	馬鈴薯
さつまいも sa.tsu.ma.i.mo.	地瓜
れんこん re.n.ko.n.	蓮藕

▶ 木（き）

ki.

樹、木

說明 單棵的樹是「木（き）」，整座森林則是「森（もり）」。

例句

例 木（き）に登（のぼ）ります。

ki.ni.no.bo.ri.ma.su.

爬樹。

例 木（き）を植（う）えます。

ki.o.u.e.ma.su.

種樹。

相關單字

樹木（じゅもく） ju.mo.ku.	樹木
竹（たけ） ta.ke.	竹子
松（まつ） ma.tsu.	松樹
イチョウ i.cho.u.	銀杏

はな
▶ 花

ha.na.

花

說明 日文中，花園是「ガーデン」，花瓶是「花瓶（かびん）」，花店是「お花屋（はなや）」。

例 句

例 桜（さくら）の花（はな）が咲（さ）きました。
sa.ku.ra.no.ha.na.ga./sa.ki.ma.shi.ta.
櫻花開了。

例 花（はな）を部屋（へや）に飾（かざ）ります。
ha.na.o./he.ya.ni./ka.za.ri.ma.su.
用花裝飾房間。

相關單字

バラ ba.ra.	玫瑰
コスモス ko.su.mo.su.	波斯菊
さくら sa.ku.ra.	櫻花
アジサイ a.ji.sa.i.	紫陽花

▶ 草（くさ）

ku.sa.

草

說明「草（くさ）」是指草，草坪則是「芝生（しばふ）」。

例句

例 草（くさ）を刈（か）ります。

ku.sa.o./ka.ri.ma.su.

割草。

例 庭（にわ）は草（くさ）ぼうぼうです。

ni.wa.wa./ku.sa.bo.u.bo.u.de.su.

院子裡雜草叢生。

相關單字

雑草（ざっそう） za.sso.u.	雜草
薬草（やくそう） ya.ku.so.u.	藥草
ハーブ ha.a.bu.	香草
芝生（しばふ） shi.ba.fu.	草坪

まめ
▶ **豆**

ma.me.

豆

說明 日本常見的豆類有紅豆「あずき」、黑豆「黒豆(くろまめ)」、「蠶豆(そらまめ)」等。

例句

例 豆(まめ)を煮(に)ます。
ma.me.o./ni.ma.su.
煮豆子。

例 豆(まめ)を蒔(ま)きます。
ma.me.o./ma.ki.ma.su.
種豆子撒下豆子的種子。

相關單字

黒豆(くろまめ) ku.ro.ma.me.	黑豆
大豆(だいず) da.i.zu.	大豆
蚕豆(そらまめ) so.ra.ma.me.	蠶豆
あずき a.zu.ki.	紅豆

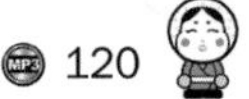

さいえん
▶ **菜園**

sa.i.e.n.

菜園

說明 「菜園（さいえん）」和中文裡的菜園意思相同，在自家庭院開闢小空間種菜的菜園，則叫做「家庭（かてい）菜園（さいえん）」。

例句

例 菜園（さいえん）で野菜（やさい）を作（つく）ります。

sa.i.e.n.de./ya.sa.i.o.tsu.ku.ri.ma.su.

在菜園種蔬菜。

例 菜園（さいえん）でイチゴを育（そだ）てます。

sa.i.e.n.de./i.chi.go.o./so.da.te.ma.su.

在菜園種草莓。

相關單字

家庭菜園（かていさいえん） ka.te.i.sa.i.e.n.	家庭菜園
花畑（はなばたけ） ha.na.ba.ta.ke.	花田
農場（のうじょう） no.u.jo.u.	農場
茶畑（ちゃばたけ） cha.ba.ta.ke.	茶園

▸ガーデニング

ga.a.de.ni.n.gu.

園藝

說明「ガーデン」是花園，「ガーデニング」是園藝之意。

例　句

例 去年(きょねん)からガーデニングを始(はじ)めました。

kyo.ne.n.ka.ra./ga.a.de.ni.n.gu.o./ha.ji.me.ma.shi.ta.

去年開始從園藝。

例 海外(かいがい)でガーデニングを学(まな)びます。

ka.i.ga.i.de./ga.a.de.ni.n.gu.o./ma.na.bi.ma.su.

在國外學習園藝。

相關單字

栽培(さいばい) sa.i.ba.i.	栽種
農業(のうぎょう) no.u.gyo.u.	農業
農芸(のうげい) no.u.ge.i.	農藝
酪農(らくのう) ra.ku.no.u.	酪農

▸オーガニック

o.o.ga.ni.kku.

有機

說明「オーガニック」是有機之意，「オーガニック食品」則是有機食品。

例句

例 オーガニック食品しか食べません。
o.o.ga.ni.kku.sho.ku.hi.n.shi.ka./ta.be.ma.se.n.
只吃有機食品。

例 オーガニック農産物を生産します。
o.o.ga.ni.kku.no.u.sa.n.bu.tsu.o./se.i.sa.n.shi.ma.su.
生產有機農產品。

相關單字

有機農業 yu.u.ki.no.u.gyo.u.	有機農業
無添加 mu.te.n.ka.	無添加物
天然素材 te.n.ne.n.so.za.i.	自然材質、天然原料

動物

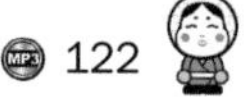

▶動物（どうぶつ）

do.u.bu.tsu.

動物

說明 「動物（どうぶつ）」泛指所有動物；寵物則為「ペット」。

例句

例 彼（かれ）は小動物（しょうどうぶつ）が好（す）きです。

ka.re.wa./sho.u.do.u.bu.tsu.ga./su.ki.de.su.

他喜歡小動物。

例 近（ちか）くにいる動物（どうぶつ）を観察（かんさつ）します。

chi.ka.i.ni./i.ru./do.u.bu.tsu.o./ka.n.sa.tsu.shi.ma.su.

觀察在近處的動物。

相關單字

ペット pe.tto.	寵物
けもの ke.mo.no.	野獸
哺乳動物（ほにゅうどうぶつ） ho.nyu.u.do.u.bu.tsu.	哺乳動物
動物園（どうぶつえん） do.u.bu.tsu.e.n.	動物園

こんちゅう
▶昆虫

ko.n.chu.u.

昆蟲

說明 常見的昆蟲有蚊子「蚊(か)」、蒼蠅「ハエ」、毛毛蟲「毛虫(けむし)」、蝴蝶「蝶(ちょう)」。

例句

例 昆虫(こんちゅう)を飼(か)います。

ko.n.chu.u.o./ka.i.ma.su.

養昆蟲。

例 昆虫(こんちゅう)を捕(と)ります。

ko.n.chu.u.o./to.ri.ma.su.

捉昆蟲。

相關單字

カブトムシ ka.bu.to.mu.shi.	甲蟲
鍬形虫(くわがたむし) ku.wa.ga.ta.mu.shi.	鍬形蟲
蝶(ちょう) sho.u.	蝴蝶
とんぼ to.n.bo.	蜻蜓

▶ 魚（さかな）

sa.ka.na.

魚

說明 常見的魚有金魚「金魚（きんぎょ）」、鮪魚「まぐろ」、鯖魚「さば」、秋刀魚「さんま」等。

例句

例 手（て）で魚（さかな）を捕（と）ります。

te.de./sa.ka.na.o./to.ri.ma.su.

用手捕魚。

例 魚（さかな）を焼（や）きます。

sa.ka.na.o./ya.ki.ma.su.

烤魚。

相關單字

海洋生物（かいようせいぶつ） ka.i.yo.u.se.i.bu.tsu.	海洋生物
鯛（たい） ta.i.	鯛魚
さんま sa.n.ma.	秋刀魚
鯖（さば） sa.ba.	鯖魚

▶ 鳥（とり）

to.ri.

鳥

說明 日本常見的鳥類是烏鴉「カラス」、鳶「とび」、麻雀「すずめ」等。在日本「とり肉（にく）」指的是雞肉，而非鳥肉。

例句

例 鳥（とり）が空（そら）を飛（と）んでいます。

to.ri.ga./so.ra.o./to.n.de.i.ma.su.

鳥在空中飛。

例 鳥（とり）に餌（えさ）をやります。

to.ri.ni./e.sa.o./ya.ri.ma.su.

餵鳥吃飼料。

相關單字

鶏（にわとり） ni.wa.to.ri.	雞
鴨（かも） ka.mo.	鴨
ガチョウ ga.cho.u.	鵝
七面鳥（しちめんちょう） shi.chi.me.n.cho.u.	火雞

▶ 豚（ぶた）
bu.ta.
豬

說明 「豚（ぶた）」指的是豬，豬肉則是「豚肉（ぶたにく）」，也可以說成「ポーク」。

例句

例 豚（ぶた）がぶうぶう鳴（な）いています。
bu.ta.ga./bu.u.bu.u.na.i.te.i.ma.su.
豬噗噗叫。

例 ミニ豚（ぶた）を飼（か）います。
mi.ni.bu.ta.o./ka.i.ma.su.
養迷你豬。

相關單字

馬（うま） u.ma.	馬
ロバ ro.ba.	驢
いのしし i.no.shi.shi.	山豬
しか shi.ka.	鹿

▶ 猿（さる）

sa.ru.

猴子

說明 「猿（さる）」指的是猴子，「チンパンジー」是黑猩猩，「ゴリラ」是大猩猩。

例句

例 猿（さる）が鳴（な）いています。

sa.ru.ga./na.i.te.i.ma.su.

猴子在叫。

例 猿（さる）が温泉（おんせん）に入（はい）っています。

sa.ru.ga./o.n.se.n.ni./ha.i.tte.i.ma.su.

猴子在泡温泉。

相關單字

ヒヒ hi.hi.	狒狒
ゴリラ go.ri.ra.	大猩猩
チンパンジー chi.n.pa.n.ji.i.	黑猩猩

▶うさぎ

u.sa.gi.

兔子

說明 常被當寵物飼養的小動物有兔子「うさぎ」、黃金鼠「ハムスター」、貂「フェレット」。

例句

例 うさぎが餌(えさ)を食(た)べません。

u.sa.gi.ga./e.sa.o./ta.be.ma.se.n.

兔子不吃飼料。

例 うさぎが好(す)きです。

u.sa.gi.ga./su.ki.de.su.

喜歡兔子。

相關單字

ハムスター ha.mu.su.ta.a.	黃金鼠
ねずみ ne.zu.mi.	老鼠
リス ri.su.	松鼠
フェレット fe.re.tto.	貂

かめ ▶ 亀
ka.me.
烏龜

說明 烏龜屬於爬蟲類，爬蟲類是「爬虫類（はちゅうるい）」。

例句

例 亀（かめ）は冬眠（とうみん）から醒（さ）めました。

ka.me.wa./to.u.mi.n.ka.ra./sa.me.ma.shi.ta.

烏龜從冬眠中醒來了。

例 亀（かめ）を飼（か）います。

ka.me.o./ka.i.ma.su.

養烏龜。

相關單字

爬虫類（はちゅうるい） ha.chu.u.ru.i.	爬蟲類
カメレオン ka.me.re.o.n.	變色龍
ヤモリ ya.mo.ri.	壁虎
トカゲ to.ka.ge.	蜥蜴

▶ 蛙(かえる)

ka.e.ru.

蛙

說明 蛙屬於兩棲類，兩棲類是「両生類(りょうせいるい)」。

例句

例 蛙(かえる)が鳴(な)いています。

ka.e.ru.ga./na.i.te.i.ma.su.

蛙在叫。

例 夜(よる)にたくさんの蛙(かえる)が一斉(いっせい)に鳴(な)き出(だ)します。

yo.ru.ni./ta.ku.sa.n.no./ka.e.ru.ga./i.sse.i.ni./na.ki.da.shi.ma.su.

夜裡許多青蛙會一起大聲鳴叫。

相關單字

両生類(りょうせいるい) ryo.u.se.i.ru.i.	兩棲類
ガマガエル ga.ma.ga.e.ru.	蟾蜍
サンショウウオ sa.n.sho.u.u.o.	山椒魚

▶ 羊（ひつじ）

hi.tsu.ji.

羊

說明 「羊（ひつじ）」指的是綿羊，山羊則是「やぎ」，羔羊是「ラム」食用的羊肉則是「ラム肉（にく）」。

例句

例 羊（ひつじ）を触（さわ）りました。

hi.tsu.ji.o./sa.wa.ri.ma.shi.ta.

摸了羊。

例 羊（ひつじ）に餌（えさ）を与（あた）えます。

hi.tsu.ji.ni./e.sa.o./a.ta.e.ma.su.

餵羊吃飼料。

相關單字

やぎ ya.gi.	山羊
ラム ra.mu.	羔羊
子羊（こひつじ） ko.hi.tsu.ji.	小羊

▶ 犬（いぬ）

i.nu.

狗

說明 流浪狗是「野良犬（のらいぬ）」，看門狗則是「番犬（ばんけん）」。流浪貓是「野良猫（のらねこ）」。

例句

例 子犬（こいぬ）がきゃんきゃん鳴（な）いています。
ko.i.nu.ga./kya.n.kya.n.na.i.te.i.ma.su.
小狗汪汪叫著。

例 犬（いぬ）を散歩（さんぽ）に連（つ）れて行（い）きます。
i.nu.o./sa.n.po.ni./tsu.re.te./i.ki.ma.su.
帶狗去散步。

相關單字

野良犬（のらいぬ） no.ra.i.nu.	流浪狗
チワワ chi.wa.wa.	吉娃娃
秋田犬（あきたいぬ） a.ki.ta.i.nu.	秋田犬
柴犬（しばいぬ） shi.ba.i.nu.	柴犬

▶ 猫（ねこ）

ne.ko.

貓

說明 日本人會用「猫舌（ねこじた）」來形容吃東西怕燙，用「猫背（ねこぜ）」來形容人駝背。

例句

例 猫（ねこ）が顔（かお）を洗（あら）っています。
ne.ko.ga./ka.o.o./a.ra.tte.i.ma.su.
貓在洗臉。

例 猫（ねこ）が丸（まる）くなって寝（ね）ています。
ne.ko.ga./ma.ru.ku.na.tte./ne.te.i.ma.su.
貓縮成一團在睡覺。

相關單字

アメリカンショートヘア a.me.ri.ka.n.sho.o.to.he.a.	美國短毛貓
ロシアンブルー ro.shi.a.n.bu.ru.u.	俄羅斯藍貓
ペルシャ pe.ru.sha.	波斯貓
三毛猫（みけねこ） mi.ke.ne.ko.	三毛貓

▶ 牛（うし）

u.shi.

牛

說明 「牛（うし）」是指動物的牛，若是牛肉，則說「牛肉（ぎゅうにく）」或「ビーフ」。

例句

例 牛（うし）を2頭（にとう）飼（か）います。

u.shi.o./ni.to.u.ka.i.ma.su.

養了2頭牛。

例 牛（うし）は草食動物（そうしょくどうぶつ）です。

u.shi.wa./so.u.sho.ku.do.u.bu.tsu.de.su.

牛是草食動物。

相關單字

馬（うま） u.ma.	馬
ラクダ ra.ku.da.	駱駝
アルパカ a.ru.pa.ka.	羊駝
ラマ ra.ma.	駱馬

人體

にんげん
▶人間

ni.n.ge.n.

人類

說明 除了「人間（にんげん）」之外，還可以用「人（ひと）」、「人類（じんるい）」表示人的意思。

例句

例 人間（にんげん）はみな平等（びょうどう）です。

ni.n.ge.n.wa./mi.na.byo.u.do.u.de.su.

人生而平等。

例 そのような失敗（しっぱい）はとても人間的（にんげんてき）なものです。

so.no.yo.u.na.shi.ppa.i.wa./to.te.mo./ni.n.ge.n.te.ki.na./mo.no.de.su.

像那樣的失敗是人都會有。

相關單字

人（ひと） hi.to.	人
人類（じんるい） ji.n.ru.i.	人類
国民（こくみん） ko.ku.mi.n.	國民
市民（しみん） shi.mi.n.	市民、公民

あたま
▶ 頭

a.ta.ma.

頭

說明 「頭(あたま)」可以指頭部，也可以指抽象的想法、思想。

例句

例 頭(あたま)を上(あ)げます。

a.ta.ma.o./a.ge.ma.su.

抬起頭。

例 子供(こども)の頭(あたま)をなでます。

ko.do.mo.no./a.ta.ma.o./na.de.ma.su.

摸小孩的頭。

相關單字

髪(かみ) ka.mi.	頭髮
首(くび) ku.bi.	脖子
耳(みみ) mi.mi.	耳朵
おでこ o.de.ko.	額頭

▶ 顏（かお）

ka.o.

臉

說明 「顏（かお）」是臉的意思，也可以用來指抽象的「臉皮」「顏面」。「顏色（かおいろ）」則是臉色、氣色。

例句

例 恥（は）ずかしくて顔（かお）が赤（あか）くなりました。

ha.zu.ka.shi.ku.te./ka.o.ga./a.ka.ku.na.ri.ma.shi.ta.

因為太丟臉(害羞)，所以臉都紅了。

例 顔（かお）を洗（あら）ってタオルで拭（ふ）きました。

ka.o.o./a.ra.tte./ta.o.ru.de./fu.ki.ma.shi.ta.

洗了臉後用毛巾擦乾。

相關單字

眉（まゆ） ma.yu.	眉毛
目（め） me.	眼睛
鼻（はな） ha.na.	鼻子
口（くち） ku.chi.	嘴巴

▶ 体（からだ）

ka.ra.da.

身體

說明「体（からだ）」可以指身體、體型，也可以指健康狀態，身強體健就是「体（からだ）が丈夫（じょうぶ）です」；體弱多病「体（からだ）が弱（よわ）いです」。

例句

例 この服（ふく）は体（からだ）に合（あ）いません。

ko.no.fu.ku.wa./ka.ra.da.ni./a.i.ma.se.n.

這衣服和體態不合。

例 体（からだ）を鍛（きた）えます。

ka.ra.da.o./ki.ta.e.ma.su.

鍛練身體。

相關單字

上半身（じょうはんしん） jo.u.ha.n.shi.n.	上半身
下半身（かはんしん） ka.ha.n.shi.n.	下半身
肉体（にくたい） ni.ku.ta.i.	肉體
筋肉（きんにく） ki.n.ni.ku.	肌肉

▶ 胸（むね）

mu.ne.

胸

說明 「胸（むね）」指胸部，也可以指心情、感受，如「胸（むね）が一杯（いっぱい）になります」(心裡有很深的感觸、感動)、「胸（むね）が高鳴（たかな）ります」(情緒激動)、「胸（むね）に刻（きざ）みます」(深深記憶在心裡)。

例句

例 胸（むね）に手（て）を組（く）みます。

mu.ne.ni./te.o.ku.mi.ma.su.

雙手叉在胸前。

例 胸（むね）いっぱい空気（くうき）を吸（す）います。

mu.ne.i.ppa.i./ku.u.ki.o./su.i.ma.su.

深呼吸。／吸滿一大口氣。

相關單字

心（こころ） ko.ko.ro.	心、心情
心臓（しんぞう） shi.n.zo.u.	心臟
肺（はい） ha.i.	肺

お腹(なか)

o.na.ka.

肚子

說明「お腹(なか)」可以指肚子、腸胃；或是指內心，如「腹(はら)が黒(くろ)いです」(黑心、壞心)、「腹(はら)が立(た)ちます」(心裡覺得火大、生氣)。

例句

例 お腹(なか)が痛(いた)いです。

o.na.ka.ga./i.ta.i.de.su.

肚子痛。

例 お腹(なか)を壊(こわ)しました。

o.na.ka.o./ko.wa.shi.ma.shi.ta.

拉肚子。/吃壞肚子。

相關單字

脇腹(わきばら) wa.ki.ba.ra.	側腹部
ウェスト we.su.to.	腰圍
胃腸(いちょう) i.cho.u.	胃腸
肝臓(かんぞう) ka.n.zo.u.	肝臟

▶ 手（て）

te.

手

說明 指甲是「つめ」，手指是「指（ゆび）」。

例　句

例 手（て）を挙（あ）げます。

te.o./a.ge.ma.su.

舉手。

例 ポケットに手（て）を入（い）れました。

po.ke.tto.ni./te.o./i.re.ma.shi.ta.

把手放到口袋裡。

相關單字

腕（うで） u.de.	手腕
二（に）の腕（うで） ni.no.u.de.	上臂
指（ゆび） yu.bi.	手指
手（て）のひら te.no.hi.ra.	手心

▶ 足（あし）

a.shi.

腳

說明 「ひざ」是膝蓋、「くるぶし」是腳踝、「かかと」是腳跟。

例句

例 足（あし）を伸（の）ばします。

a.shi.o./no.ba.shi.ma.su.

把腳伸直。

例 転（ころ）んで左足（ひだりあし）を折（お）りました。

ko.ro.n.de./hi.da.ri.a.shi.o./o.ri.ma.shi.ta.

因為跌倒而導致左腳骨折。

相關單字

足先（あしさき） a.shi.sa.ki.	腳尖
ふくらはぎ fu.ku.ra.ha.ki	小腿肚
太（ふと）もも fu.to.mo.mo.	大腿
すね su.ne.	足脛

▶ 筋肉（きんにく）

ki.n.ni.ku.

肌肉

說明 肌肉是「筋肉（きんにく）」，鍛鍊肌肉則是「筋（きん）トレ」。

例句

例 筋肉（きんにく）を鍛（きた）えます。

ki.n.ni.ku.o./ki.ta.e.ma.su.

鍛練肌肉。

例 筋肉（きんにく）をつけます。

ki.n.ni.ku.o./tsu.ke.ma.su.

練出肌肉。

相關單字

腹筋（ふっきん） fu.kki.n.	腹肌
上腕二頭筋（じょうわんにとうきん） jo.u.wa.n.ni.to.u.ki.n.	臂肌
背筋（はいきん） ha.i.ki.n.	背肌
マッチョ ma.ccho.	有肌肉結實的身材

たいじゅう
▸体重

ta.i.ju.u.

體重

說明 體重減輕、變瘦的動詞是「痩せます」，變胖是「太ります。」。

例句

例 体重を計ります。

ta.i.ju.u.o./ha.ka.ri.ma.su.

量體重。

例 体重が4キロ増えました。

ta.i.ju.u.ga./yo.n.ki.ro./fu.e.ma.shi.ta.

體重增加了4公斤。

相關單字

ダイエット da.i.e.tto.	減肥
体脂肪 ta.i.shi.bo.u.	體脂肪
肥満 hi.ma.n.	肥胖
栄養不足 e.i.yo.u.bu.so.ku.	營養不良

▶身長（しんちょう）

shi.n.cho.u.

身高

說明 身高長得高是「背（せ）が高（たか）い」，長得矮是「背（せ）が低（ひく）い」。

例句

例 彼（かれ）は身長（しんちょう）が高（たか）いです。

ka.re.wa./shi.n.cho.u.ga./ta.ka.i.de.su.

他長得很高。

例 身長（しんちょう）が伸（の）びました。

shi.n.sho.u.ga./no.bi.ma.shi.ta.

長高了。

相關單字

背（せ）たけ se.ta.ke.	身高
等身（とうしん） to.u.shi.n.	相同大小、同等大
背中（せなか） se.na.ka.	背、背後

受傷、生病

病気（びょうき）

byo.u.ki.

生病

說明 生病的動詞是用「かかります」，感冒了則是「風邪（かぜ）を引（ひ）きました」。

例句

例 病気（びょうき）にかかりました。

byo.u.ki.ni./ka.ka.ri.ma.shi.ta.

生病了。

例 病気（びょうき）で倒（たお）れました。

byo.u.ki.de./ta.o.re.ma.shi.ta.

因為生病而倒下。

相關單字

慢性病（まんせいびょう） ma.n.se.i.byo.u.	慢性病
がん ga.n.	癌
脳梗塞（のうこうそく） no.u.ko.u.so.ku.	中風
生活習慣病（せいかつしゅうかんびょう） se.i.ka.tsu.shu.u.ka.n.byo.u.	文明病

▶**怪我**（けが）

ke.ga.

傷、傷口

說明 受傷的動詞是用「怪我（けが）をします」也可以說「負傷（ふしょう）します」。

例句

例 事故（じこ）で腕（うで）に怪我（けが）をしました。

ji.ko.de./u.de.ni./ke.ga.o./shi.ma.shi.ta.

因為意外而受傷。

例 人（ひと）に怪我（けが）をさせました。

hi.to.ni./ke.ga.o.sa.se.ma.shi.ta.

害人受傷。

相關單字

切り傷（きりきず） ki.ri.ki.zu.	割傷
捻挫（ねんざ） ne.n.za.	扭傷
骨折（こっせつ） ko.sse.tsu.	骨折
負傷（ふしょう） fu.sho.u.	受傷

▸ 風邪（かぜ）

ka.ze.

感冒

說明 感冒的動詞是「風邪（かぜ）をひきました。」，流行性感冒是「インフルエンザ」或「インフル」。

例句

例 風邪（かぜ）をひきました。

ka.ze.o.hi.ki.ma.shi.ta.

感冒了。

例 風邪（かぜ）がはやっています。

ka.ze.ga./ha.ya.tte.i.ma.su.

感冒正在流行。

相關單字

インフルエンザ i.n.fu.ru.e.n.za.	流行性感冒
高熱（こうねつ） ko.u.ne.tsu.	高燒
咳（せき） se.ki.	咳嗽
鼻水（はなみず） ha.na.mi.zu.	鼻水

▶ 傷（きず）

ki.zu.

傷、傷口、傷痕

說明「傷（きず）」可以指具體可見的傷痕，也可以指心理上的受傷，如「傷（きず）つきます」。

例句

例 傷（きず）を負（お）いました。
ki.zu.o./o.i.ma.shi.ta.
受傷了。

例 傷（きず）の手当（てあて）をします。
ki.zu.no./te.a.te.o./shi.ma.su.
處理傷口。

相關單字

凍傷（とうしょう） to.u.sho.u.	凍傷
やけど ya.ke.do.	燙傷、燒傷
打撲傷（だぼくしょう） da.bo.ku.sho.u.	跌打傷
擦（す）り傷（きず） su.ri.ki.zu.	擦傷

a.re.ru.gi.i.

過敏

說明 日本最常見的過敏症，就是春天時的花粉症「花粉症（かふんしょう）」。

例句

例 牛乳（ぎゅうにゅう）アレルギーがあります。

gyu.u.nyu.u.a.re.ru.gi.i.ga./a.ri.ma.su.

我對乳製品過敏。

例 ほこりでアレルギーをおこしました。

ho.ko.ri.de./a.re.ru.gi.i.o./o.ko.shi.ma.shi.ta.

因為灰塵引起過敏。

相關單字

過敏症（かびんしょう） ka.bi.n.sho.u.	過敏
花粉症（かふんしょう） ka.fu.n.sho.u.	花粉症
じんましん ji.n.ma.shi.n.	蕁麻疹
痒み（かゆみ） ka.yu.mi.	癢

▶ 発熱（はつねつ）

ha.tsu.ne.tsu.

發燒

說明 發燒除了「発熱（はつねつ）」，還可以用「熱（ねつ）が出（で）ます」來表示。

例句

例 発熱（はつねつ）しています。

ha.tsu.ne.tsu.shi.te.i.ma.su.

正在發燒。

例 40度（よんじゅうど）の発熱（はつねつ）です。

yo.n.ju.u.do.no./ha.tsu.ne.tsu.de.su.

發燒到40度。

相關單字

体温（たいおん） ta.i.o.n.	體温
温度（おんど） o.n.do.	温度
平熱（へいねつ） he.i.ne.tsu.	正常體温
微熱（びねつ） bi.ne.tsu.	稍微發燒

▶頭痛（ずつう）

zu.tsu.u.

頭痛

說明 「頭が痛い（あたまがいたい）」也是頭痛的意思，也可以用來表示被某件事所困擾，覺得很苦惱。

例句

例 割れる（わ）ような頭痛（ずつう）でした。

wa.re.ru.yo.u.na./zu.tsu.u.de.shi.ta.

頭痛得像是要裂開一樣。

例 ひどく頭痛（ずつう）がします。

hi.do.ku./zu.tsu.u.ga.shi.ma.su.

頭很痛。

相關單字

腰痛（ようつう） yo.u.tsu.u.	腰痛
胃痛（いつう） i.tsu.u.	胃痛
神経痛（しんけいつう） shi.n.ke.i.tsu.u.	神經痛
痛み（いた） i.ta.mi.	疼痛

▸やけど

ya.ke.do.

燙傷、燒傷

說明 燙傷是「やけど」，凍傷則是「凍傷（とうしょう）」，曬傷是「日焼け（ひやけ）」。

例句

例 全身（ぜんしん）に大（おお）やけどをしました。

ze.n.shi.n.ni./o.o.ya.ke.do.o./shi.ma.shi.ta.

全身嚴重燙傷。

例 熱湯（ねっとう）でやけどしてしまいました。

ne.tto.u.de./ya.ke.do.shi.te./shi.ma.i.ma.shi.ta.

被燒水燙傷。

相關單字

水（みず）ぶくれ mi.zu.bu.ku.re.	水泡
凍傷（とうしょう） to.u.sho.u.	凍傷
掻（か）き傷（きず） ka.ki.ki.zu.	抓傷
傷跡（きずあと） ki.zu.a.to.	傷痕

▶生活習慣病（せいかつしゅうかんびょう）

se.i.ka.tsu.shu.u.ka.n.byo.u.

文明病

說明 「生活習慣病（せいかつしゅうかんびょう）」指的是飲食不正常、運動不足、抽菸、喝酒等生活習慣而引發的疾病。常見的有心臟病、高血壓、糖尿病、癌症、膽固醇過高…等。

例句

例 生活習慣病（せいかつしゅうかんびょう）を予防（よぼう）します。

se.i.ka.tsu.shu.u.ka.n.byo.u.o./yo.bo.u.shi.ma.su.

預防文明病。

例 生活習慣病（せいかつしゅうかんびょう）と診断（しんだん）されました。

se.i.ka.tsu.shu.u.ka.n.byo.u.to./shi.n.da.n.sa.re.ma.shi.ta.

被診斷為文明病。

相關單字

心臓病（しんぞうびょう） shi.n.zo.u.byo.u.	心臟病
糖尿病（とうにょうびょう） to.u.nyo.u.byo.u.	糖尿病
高血圧（こうけつあつ） ko.u.ke.tsu.a.tsu.	高血壓
肥満（ひまん） hi.ma.n.	肥胖

肥満（ひまん）

hi.ma.n.

肥胖

說明 「肥満（ひまん）」是較醫學的說法，口語會說「太（ふと）ってます」，罵人是胖子，會說「デブ」。

例句

例 肥満（ひまん）になります。

hi.ma.n.ni./na.ri.ma.su.

變肥胖。

例 肥満（ひまん）しやすい体質（たいしつ）です。

hi.ma.n.shi.ya.su.i./ta.i.shi.tsu.de.su.

易胖體質。

相關單字

太（ふと）っています fu.to.tte./i.ma.su.	胖
痩（や）せています ya.se.te./i.ma.su.	瘦
太（ふと）ります fu.to.ri.ma.su.	變胖
痩（や）せます ya.se.ma.su.	變瘦

▶腹痛（ふくつう）

fu.ku.tsu.u.

肚子痛

說明「腹痛（ふくつう）」是肚子痛，笑到肚子痛則是「笑（わら）いすぎてお腹（なか）が痛（いた）くなりました」。

例句

例 腹痛（ふくつう）がします。

fu.ku.tsu.u.ga./shi.ma.su.

肚子痛。

例 激（はげ）しい腹痛（ふくつう）に襲（おそ）われます。

ha.ge.shi.i./fu.ku.tsu.u.ni./o.so.wa.re.ma.su.

肚子痛得厲害。

相關單字

胃腸炎（いちょうえん） i.cho.u.e.n.	腸胃炎
下痢（げり） ge.ri.	拉肚子
腹（はら）くだし ha.ra.ku.da.shi.	拉肚子
キリキリします ki.ri.ki.ri.shi.ma.su.	痛

宇宙

ちきゅう 地球

chi.kyu.u.

地球

說明 地球儀是「地球儀（ちきゅうぎ）」；地球暖化(溫室現象)是「地球温暖化（ちきゅうおんだんか）」。

例句

例 地球（ちきゅう）は24時間（にじゅうよじかん）に1回（いっかい）自転（じてん）します。

chi.kyu.u.wa./ni.ju.u.yo.ji.ka.n.ni./i.kka.i./ji.te.n.shi.ma.su.

地球每24小時自轉一週。

例 南極（なんきょく）は地球（ちきゅう）で一番（いちばん）寒（さむ）いところです。

na.n.kyo.ku.wa./chi.kyu.u.de./i.chi.ba.n./sa.mu.i.to.ko.ro.de.su.

南極是地球上最冷的地方。

相關單字

惑星（わくせい） wa.ku.se.i.	星球
天体（てんたい） te.n.ta.i.	天體
衛星（えいせい） e.i.se.i.	衛星
金星（きんせい） ki.n.se.i.	金星

▶ 月（つき）

tsu.ki.

月亮

說明 滿月是「満月（まんげつ）」、上弦月是「三日月（みかづき）」。

例句

例 月（つき）は満（み）ち欠（か）けします。

tsu.ki.wa./mi.chi.ka.ke.shi.ma.su.

月有陰晴圓缺。

例 月（つき）が沈（しず）みました。

tsu.ki.ga./shi.zu.mi.ma.shi.ta.

月亮落下(天亮)。

相關單字

満月（まんげつ） ma.n.ge.tsu.	滿月
残月（ざんげつ） za.n.ge.tsu.	天將亮時的月亮
新月（しんげつ） shi.n.ge.tsu.	新月
三日月（みかづき） mi.ka.zu.ki.	上弦月

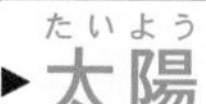

▶ 太陽（たいよう）

ta.i.yo.u.

太陽

說明 太陽可以說「太陽（たいよう）」，也可以說「お日様（ひさま）」。

例　句

例 太陽（たいよう）は東（ひがし）から昇（のぼ）ります。

ta.i.yo.u.wa./hi.ga.shi.ka.ra./no.bo.ri.ma.su.

太陽從東方升起。

例 太陽（たいよう）の光（ひかり）が眩（まぶ）しいです。

ta.i.yo.u.no./hi.ka.ri.ga./ma.bu.shi.i.de.su.

太陽光很刺眼。

相關單字

日食（にっしょく） ni.ssho.ku.	日蝕
日射（ひざ）し hi.za.shi.	陽光
日（ひ）かげ hi.ka.ge.	太陽照射下的陰影處
日当（ひあ）たり hi.a.ta.ri.	日照

▶ 星座（せいざ）

se.i.za.

星座

說明 「星座（せいざ）」的用法和中文一樣，可以指天體的星座，也可以指生日的星座。

例句

例 星座（せいざ）の位置（いち）を見（み）つけます。

se.i.za.no./i.chi.o./mi.tsu.ke.ma.su.

尋找天空中星座的位置。

例 星座（せいざ）を探（さが）します。

se.i.za.o./sa.ga.shi.ma.su.

尋找天空中星座的位置。

相關單字

星座占い（せいざうらない） se.i.za.u.ra.na.i.	星座占卜
恒星（こうせい） ko.u.se.i.	恒星
北斗七星（ほくとしちせい） ho.ku.to.shi.chi.se.i.	北斗七星
流星群（りゅうせいぐん） ryu.u.se.i.gu.n.	流星群、流星雨

▶惑星（わくせい）

wa.ku.se.i.

星球

說明 常見的星球有「地球（ちきゅう）」、「火星（かせい）」、「木星（もくせい）」、「土星（どせい）」等。

例句

例 銀河系（ぎんがけい）には、地球（ちきゅう）のような惑星（わくせい）が全体（ぜんたい）で数百億（すうひゃくおく）あります。

gi.n.ga.ke.i.ni.wa./chi.kyu.u.no.yo.u.na./wa.ku.se.i.ga./ze.n.ta.i.de./su.u.hya.ku.o.ku./a.ri.ma.su.

在銀河系裡，共有數百億個像地球這樣的星球。

例 火星（かせい）は地球（ちきゅう）の一（ひと）つ外側（そとがわ）を公転（こうてん）している惑星（わくせい）です。

ka.se.i.wa./chi.kyu.u.no./hi.to.tsu./so.to.ga.wa.o./ko.u.te.n.shi.te.i.ru./wa.ku.se.i.de.su.

火星是在地球外公轉的星球之一。

相關單字

木星（もくせい） mo.ku.se.i.	木星
土星（どせい） do.se.i.	土星
天王星（てんのうせい） te.n.no.u.se.i.	天王星

▶宇宙飛行士（うちゅうひこうし）

u.chu.u.hi.ko.u.shi.

太空人

說明「宇宙飛行士（うちゅうひこうし）」是太空人，「スペースシャトル」是太空船。

例句

例 将来（しょうらい）は宇宙飛行士（うちゅうひこうし）になりたいです。

sho.u.ra.i.wa./u.chu.u.hi.ko.u.shi.ni./na.ri.ta.i.de.su.

將來想成為太空人。

例 彼（かれ）は宇宙飛行士（うちゅうひこうし）として世間（せけん）に知（し）られています。

ka.re.wa./u.chu.u.hi.ko.u.shi.to.shi.te./se.ke.n.ni./shi.ra.re.te.i.ma.su.

他以太空人的身分廣為人知。

相關單字

スペースマン su.pe.e.su.ma.n.	太空人
人工衛星（じんこうえいせい） ji.n.ko.u.e.i.se.i.	人造衛星
スペースシャトル su.pe.e.su.sha.to.ru.	太空船

▶ 流星（りゅうせい）

ryu.u.se.i.

流星

說明 「流星（りゅうせい）」是流星也可以說「流れ星（ながれぼし）」，「流星群（りゅうせいぐん）」是流星雨。

例句

例 流星（りゅうせい）に願（ねが）い事（ごと）を伝（つた）えます。

ryu.u.se.i.ni./ne.ga.i.ko.to.o./tsu.ta.e.ma.su.

向流星許願。

例 しし座流星群（ざりゅうせいぐん）を見（み）ます。

shi.shi.za./ryu.u.se.i.gu.n.o./mi.ma.su.

看獅子座流星雨。

相關單字

流れ星（ながれぼし） na.ga.re.bo.shi.	流星
天体現象（てんたいげんしょう） te.n.ta.i.ge.n.sho.u.	天文現象
隕石（いんせき） i.n.se.ki.	隕石
願（ねが）います ne.ga.i.ma.su.	許願、拜託

▸ロケット

ro.ke.tto.

火箭

說明「ロケット」可以指向太空發射的火箭，也可以指一般的火箭。

例句

例 ロケットを打(う)ち上(あ)げます。

ro.ke.tto.o./u.chi.a.ge.ma.su.

發射火箭。

例 ロケットを発射(はっしゃ)しました。

ro.ke.tto.o./ha.ssha.shi.ma.shi.ta.

發射火箭。

相關單字

ミサイル mi.sa.i.ru.	導彈
宇宙(うちゅう)ロケット u.chu.u.ro.ke.tto.	太空火箭
多段式(ただんしき)ロケット ta.da.n.shi.ki.ro.ke.tto.	多段式火箭
打(う)ち上(あ)げます u.chi.a.ge.ma.su.	發射

▶ 星（ほし）

ho.shi.

星星、星球

說明 夜空裡發亮的星星就叫做「星（ほし）」。彗星是「彗星（すいせい）」。

例句

例 空（そら）には星（ほし）が瞬（またた）いています。

so.ra.ni.wa./ho.shi.ga./ma.ta.ta.i.te./i.ma.su.

星星在夜空中閃耀。

例 彼（かれ）くらいの歌手（かしゅ）なら星（ほし）の数（かず）ほどいます。

ka.re.ku.ra.i.no./ka.shu.na.ra./ho.shi.no.ka.zu.ho.do./i.ma.su.

像他這種程度的歌手，和星星一樣多。

相關單字

天体（てんたい） te.n.ta.i.	天體
彗星（すいせい） su.i.se.i.	慧星
ほうき星（ぼし） ho.u.ki.bo.shi.	慧星
ギャラクシー gya.ra.ku.shi.i.	銀河

衣物

▶コート

ko.o.to.

外套、大衣

說明 「コート」指的是一般的大衣，「アウター」是外套，「ジャケット」是夾克，「ダウンコート」或「ダウンジャケット」是羽絨衣。

例句

例 コートを着(き)ます。

ko.o.to.o./ki.ma.su.

穿大衣。

例 コートを脱(ぬ)ぎます。

ko.o.to.o./nu.gi.ma.su.

脫下大衣。

相關單字

上着(うわぎ) u.wa.gi.	上衣
アウター a.u.ta.a.	外套
ダウンコート da.u.n.ko.o.to.	羽絨外套
ジャケット ja.ke.tto.	夾克

▶スーツ

su.u.tsu.

西裝、套裝

說明「スーツ」指的是西裝或女性套裝等正式場合穿的套裝。

例句

例 スーツを着(き)て仕事(しごと)をしています。

su.u.tsu.o./ki.te./shi.go.to.o./shi.te.i.ma.su.

穿著西裝(套裝)工作。

例 スーツを着(き)て面接会場(めんせつかいじょう)に向(む)かいます。

su.u.tsu.o.ki.te./me.n.se.tsu.ka.i.jo.u.ni./mu.ka.i.ma.su.

穿著西裝(套裝)前往面試會場。

相關單字

スカートスーツ su.ka.a.to.su.u.tsu.	套裝(裙裝)
オーダースーツ o.o.da.a.su.u.tsu.	訂製套裝
リクルートスーツ ri.ku.ru.u.to.su.u.tsu.	就職、找工作時穿的西裝(套裝)
ワイシャツ wa.i.sha.tsu.	白襯衫

▸スカート

su.ka.a.to.

裙子

說明 長裙是「ロングスカート」，迷你裙是「ミニスカート」，連身裙是「ワンピース」。穿裙子用的動詞是「はきます」。

例句

例 ミニスカートをはきます。

mi.ni.su.ka.a.to.o./ha.ki.ma.su.

穿迷你裙。

例 スカートを脱（ぬ）ぎます。

su.ka.a.to.o./nu.gi.ma.su.

脱下裙子。

相關單字

タイトスカート ta.i.to.su.ka.a.to.	窄裙
ミニスカート mi.ni.su.ka.a.to.	迷你裙
ロングスカート ro.n.gu.su.ka.a.to.	長裙
ワンピース wa.n.pi.i.su.	連身裙

▶パンツ

pa.n.tsu.

褲子

說明 短褲是「ショートパンツ」，長褲是「ロングパンツ」。穿褲子的動詞，和裙子一樣，是用「はきます」。

例 句

例 海水（かいすい）パンツをはきます。

ka.i.su.i.pa.n.tsu.o./ha.ki.ma.su.

穿海灘褲。

例 Tシャツにショートパンツで来（き）ました。

ti.sha.tsu.ni./sho.o.to.pa.n.tsu.de./ki.ma.shi.ta.

穿T恤和短褲來。

相關單字

ロングパンツ ro.n.gu.pa.n.tsu.	長褲
カプリパンツ ka.pu.ri.pa.n.tsu.	合身七分褲
クロップドパンツ ku.ro.ppu.do.pa.n.tsu.	褲裙
ショートパンツ sho.o.to.pa.n.tsu.	短褲

▶シャツ

sha.tsu.

襯衫

說明 襯衫是「シャツ」，T恤是「Tシャツ」。穿襯衫的動詞是用「着(き)ます」。

例句

例 シャツにシワがつきました。
sha.tsu.ni./shi.wa.ga./tsu.ki.ma.shi.ta.
襯衫上有了皺摺。

例 シャツにアイロンをかけます。
sha.tsu.ni./a.i.ro.n.o./ka.ke.ma.su.
熨燙襯衫。

相關單字

ワイシャツ wa.i.sha.tsu.	白襯衫
半袖(はんそで)シャツ ha.n.so.de.sha.tsu.	短袖襯衫
Tシャツ ti.sha.tsu.	T恤
ブラウス bu.ra.u.su.	(非襯衫類的)用套的上衣

▶ 靴（くつ）

ku.tsu.

鞋子

說明 鞋子是「靴（くつ）」，襪子是「靴下（くつした）」。穿鞋子襪子，使用的動詞是「はきます」。

例句

例 靴（くつ）をはきます。

ku.tsu.o./ha.ki.ma.su.

穿鞋子。

例 靴（くつ）を脱（ぬ）いであがってください。

ku.tsu.o./nu.i.de./a.ga.tte.ku.da.sa.i.

請脱鞋進來。

相關單字

革靴（かわぐつ） ka.wa.gu.tsu.	皮鞋
パンプス pa.n.pu.su.	淺口便鞋、娃娃鞋
ブーツ bu.u.tsu.	靴
カジュアルシューズ ka.ju.a.ru.shu.u.zu.	休閒鞋

▸アクセサリー

a.ku.se.sa.ri.i.

首飾、配件

說明「アクセサリー」使用的動詞是「つけます」。

例句

例 アクセサリーをつけます。

a.ku.se.sa.ri.i.o./tsu.ke.ma.su.

配戴配件。

例 彼女（かのじょ）はめったにアクセサリーをつけません。

ka.no.jo.wa./me.tta.ni./a.ku.se.sa.ri.o./tsu.ke.ma.se.n.

她很少戴配件。

相關單字

指輪（ゆびわ） yu.bi.wa.	戒指
ネックレス ne.kku.re.su.	項鍊
ピアス pi.a.su.	耳環
イヤリング i.ya.ri.n.gu.	耳環

▸パジャマ

pa.ja.ma.

睡衣

說明 睡衣是「パジャマ」，在家裡穿的居家服是「ルームウェア」或「部屋着（へやちゃく）」；外出時穿的較輕便的服裝則是「普段着（ふだんぎ）」。

例　句

例 普段着（ふだんぎ）からパジャマに着替（きが）えます。

fu.da.n.gi.ka.ra./pa.ja.ma.ni./ki.ga.e.ma.su.

換下外出的衣服穿上睡衣。

例 パジャマを洗（あら）います。

pa.ja.ma.o./a.ra.i.ma.su.

洗睡衣。

相關單字

ルームウェア ru.u.mu./we.a.	居家服
肌着（はだぎ） ha.da.gi.	貼身衣物
バスローブ ba.su.ro.o.bu.	浴袍
ルームソックス ru.u.mu.so.kku.su.	室內襪

▶帽子(ぼうし)

bo.u.shi.

帽子

說明 一般的帽子是「帽子(ぼうし)」，棒球帽是「キャップ」，毛線帽是「ニット帽子(ぼうし)」或「ニット帽(ぼう)」。戴帽子用的動詞是「かぶります」。

例句

例 帽子(ぼうし)をかぶります。
bo.u.shi.o./ka.bu.ri.ma.su.
戴帽子。

例 ニットの帽子(ぼうし)を編(あ)みます。
ni.tto.no./bo.u.shi.o./a.mi.ma.su.
織毛線帽。

相關單字

ニット帽子(ぼうし) ni.tto.bo.u.shi.	毛線帽
ハット ha.tto.	有帽沿的帽子
キャップ kya.ppu.	棒球帽
バンダナ ba.n.da.na.	頭巾

▸マフラー

ma.fu.ra.a.

圍巾

說明「マフラー」是圍巾，「スカーフ」、「ストール」是領巾、絲巾。圍圍巾用的動詞是「付(つ)けます」或「します」。

例句

例 マフラーを付(つ)けます。
ma.fu.ra.a.o./tsu.ke.ma.su.
圍圍巾。

例 マフラーを編(あ)みます。
ma.fu.ra.a.o./a.mi.ma.su.
織圍巾。

相關單字

ストール su.to.o.ru.	領巾、絲巾
スカーフ su.ka.a.fu.	領巾、絲巾
ネックウォーマー ne.kku.wo.o.ma.a.	脖圍

▸メガネ

me.ga.ne.

眼鏡

說明 戴眼鏡用的動詞是「掛(か)けます」。隱形眼鏡是「コンタクト」。

例句

例 メガネを掛(か)けます。
me.ga.ne.o./ka.ke.ma.su.
戴眼鏡。

例 湯気(ゆげ)でメガネが曇(くも)りました。
yu.ge.de./me.ga.ne.ga./ku.mo.ri.ma.shi.ta.
因為熱氣而讓眼鏡起霧。

相關單字

サングラス sa.n.gu.ra.su.	太陽眼鏡
双眼鏡(そうがんきょう) so.u.ga.n.kyo.u.	望眼鏡
伊達(だて)メガネ da.te.me.ga.ne.	黑框眼鏡
老眼鏡(ろうがんきょう) ro.u.ga.n.kyo.u.	老花眼鏡

購物

▶ **百貨店**

hya.kka.te.n.

百貨公司

說明 百貨公司可以說「百貨店」也可以說「デパート」。

例句

例 駅周辺の百貨店で初売りがスタートしました。

e.ki.shu.u.he.n.no./hya.kka.te.n.de./ha.tsu.u.ri.ga./su.ta.a.to.shi.ma.shi.ta.

車站周遭的百貨開始新年特賣。

例 百貨店で買い物しました。

hya.kka.te.n.de./ka.i.mo.no./shi.ma.shi.ta.

在百貨公司買東西。

相關單字

デパート de.pa.a.to.	百貨公司
売り場 u.ri.ba.	賣場
デパ地下 de.pa.chi.ka.	百貨公司地下食物賣場、超市
フードコーナー fu.u.do.ko.o.na.a.	美食街

▸モール

mo.o.ru.

購物中心

說明「モール」為「ショッピングモール」的簡稱，是購物中心的意思。

例句

例 駅前(えきまえ)に新(あたら)しいモールができました。
e.ki.ma.e.ni./a.ta.ra.shi.i./mo.o.ru.ga./de.ki.ma.shi.ta.
車站前開了間新的購物中心。

例 モールで1日(いちにち)を過(す)ごしました。
mo.o.ru.de./i.chi.ni.chi.o./su.go.shi.ma.shi.ta.
在購物中心度過1天。

相關單字

ショッピングセンター sho.ppi.n.gu.se.n.ta.a.	購物中心
店(みせ) mi.se.	店
ブランド bu.ra.n.do.	品牌
フロアガイド fu.ro.a.ga.i.do.	樓層簡介

▸ 商店街（しょうてんがい）

sho.u.te.n.ga.i.

商店街

說明 「商店街（しょうてんがい）」指的是集中了各式店家的街道。

例句

例 商店街（しょうてんがい）に出店（しゅってん）します。

sho.u.te.n.ga.i.ni./shu.tte.n.shi.ma.su.

在商店街開店。

例 商店街（しょうてんがい）で買（か）い物（もの）します。

sho.u.te.n.ga.i.de./ka.i.mo.no.shi.ma.su.

在商店街買東西。

相關單字

セール se.e.ru.	特賣
バーゲン ba.a.ge.n.	特賣
値下（ねさ）げ ne.sa.ge.	降價
値切（ねぎ）り ne.gi.ri.	殺價

▶屋台（やたい）

ya.ta.i.

攤販

說明 在日本，多半是在祭會、廟會等特殊活動時，才會有攤販出現。

例句

例 屋台（やたい）でラーメンを食（た）べました。

ya.ta.i.de./ra.a.me.n.o./ta.be.ma.shi.ta.

在路邊攤吃拉麵。

例 祭（まつ）りの日（ひ）は屋台（やたい）が道（みち）の両側（りょうがわ）に並（なら）びます。

ma.tsu.ri.no.hi.wa./ya.ta.i.ga./mi.chi.no./ryo.u.ga.wa.ni./na.ra.bi.ma.su.

祭典的時候，道路兩邊都是攤販。

相關單字

露店（ろてん） 攤販

ro.te.n.

フリーマーケット 跳蚤市場

fu.ri.i.ma.a.ke.tto.

立（た）ち食（く）い 沒有位置，站著吃的店

ta.chi.gu.i.

▶本屋（ほんや）

ho.n.ya.

書店

說明 書店可以說「本屋（ほんや）」，也可以說「ブックストア」，舊書店是「古本屋（ふるほんや）」。

例句

例 本屋（ほんや）で働（はたら）いています。

ho.n.ya.de./ha.ta.ra.i.te.i.ma.su.

在書店工作。

例 本屋（ほんや）で立（た）ち読（よ）みしました。

ho.n.ya.de./ta.chi.yo.mi./shi.ma.shi.ta.

在書店站著看書。

相關單字

文房具屋（ぶんぼうぐや） bu.n.bo.u.gu.ya.	文具店
立（た）ち読（よ）み ta.chi.yo.mi.	站著看書(不買)
キヨスク ki.yo.su.ku.	車站的小賣店
ブックストア bu.kku.su.to.a.	書店

▸ホームセンター

ho.o.mu.se.n.ta.a.

家庭五金量販店

說明「ホームセンター」是專賣五金、木工等工具用品的量販店。

例句

例 ホームセンターで棚(たな)を買(か)いました。

ho.o.mu.se.n.ta.a.de./ta.na.o./ka.i.ma.shi.ta.

在量販店買架子。

例 ホームセンターで購入(こうにゅう)した椅子(いす)は不良品(ふりょうひん)です。

ho.o.mu.se.n.ta.a.de./ko.u.nyu.u.shi.ta./i.su.wa./fu.ryo.u.hi.n.de.su.

在量販店買的椅子是瑕疵品。

相關單字

ドラッグストア　　藥粧店
do.ra.ggu.su.to.a.

園芸用品(えんげいようひん)　　園藝用品
e.n.ge.i.yo.u.hi.n.

手工芸用品(しゅこうげいようひん)　　手工藝用品
shu.ko.u.ge.i.yo.u.hi.n.

生活用品(せいかつようひん)　　生活用品
se.i.ka.tsu.yo.u.hi.n.

▶弁当屋（べんとうや）

be.n.to.u.ya.

便當店

說明 便當店是「弁当屋（べんとうや）」，賣煮好的各式菜餚的店是「惣菜屋（そうざいや）」。

例句

例 弁当屋（べんとうや）さんで昼食（ちゅうしょく）を買（か）いました。

be.n.to.u.ya.sa.n.de./chu.u.sho.ku.o./ka.i.ma.shi.ta.

在便當店買午餐吃。

例 弁当屋（べんとうや）をやっています。

be.n.to.u.ya.o./ya.tte.i.ma.su.

經營便當店

相關單字

惣菜屋（そうざいや） so.u.za.i.ya.	熟食店
食堂（しょくどう） sho.ku.do.u.	平價餐廳
カフェ ka.fe.	咖啡廳
レストラン re.su.to.ra.n.	餐廳

▸売り場

u.ri.ba.

賣場

說明「売り場」是賣場，「勘定」是結帳處。

例句

例 靴売り場はどこですか。

ku.tsu.u.ri.ba.wa./do.ko.de.su.ka.

鞋子的賣場在哪裡？

例 3階は婦人服売り場です。

sa.n.ka.i.wa./fu.ji.n.fu.ku.u.ri.ba.de.su.

3樓是女裝賣場。

相關單字

ネットストア ne.tto.su.to.a.	網路商店
ネットショッピング ne.tto.sho.ppi.n.gu.	網路購物
特設会場 to.ku.se.tsu.ka.i.jo.u.	特賣會場
店舗 te.n.po.	店鋪

▶ 八百屋（やおや）

ya.o.ya.

蔬菜店

說明 「八百屋（やおや）」是蔬菜店，「果物屋（くだものや）」是水果店。

例句

例 実家（じっか）は八百屋（やおや）をやっています。

ji.kka.wa./ya.o.ya.o./ya.tte.i.ma.su.

家裡是開蔬菜店的。

例 八百屋（やおや）で働（はたら）いています。

ya.o.ya.de./ha.ta.ra.i.te./i.ma.su.

在蔬菜店工作。

相關單字

肉屋（にくや） ni.ku.ya.	肉店
精肉店（せいにくてん） se.i.ni.ku.te.n.	肉店
鮮魚店（せんぎょてん） se.n.gyo.te.n.	魚店
果物屋（くだものや） ku.da.mo.no.ya.	水果店

▶スーパー

su.u.pa.a.

超市

說明「スーパー」是「スーパーマーケット」的簡稱。

例句

例 スーパーで野菜(やさい)を買(か)います。

su.u.pa.a.de./ya.sa.i.o./ka.i.ma.su.

在超市買蔬菜。

例 スーパーでバイトします。

su.u.pa.a.de./ba.i.to.shi.ma.su.

在超市打工。

相關單字

スーパーマーケット su.u.pa.a.ma.a.ke.tto.	超市
薬局(やっきょく) ya.kkyo.ku.	藥局
売店(ばいてん) ba.i.te.n.	商店

▶ **コンビニ**

ko.n.bi.ni.

便利商店

說明 日本常見的便利商店有lawson「ローソン」、7-11「セブン」、全家「ファミマ」、OK「サークルK」。

例句

例 コンビニで電気代を払います。

ko.n.bi.ni.de./de.n.ki.da.i.o./ha.ra.i.ma.su.

在便利商店繳電費。

例 帰り道にコンビニに寄りました。

ka.e.ri.mi.chi.ni./ko.n.bi.ni.ni./yo.ri.ma.shi.ta.

回家時順便去趟便利商店。

相關單字

ファーストフード店 fa.a.su.to.fu.u.do.te.n.	速食店
チェイン店 che.i.n.te.n.	連鎖店
飲食店 i.n.sho.ku.te.n.	餐飲業

動詞

▶働きます

ha.ta.ra.ki.ma.su.

工作

說明 工作可以說「働きます」，也可以用「勤めます」。

例句

例 父は工場で働いています。

chi.chi.wa./ko.u.jo.u.de./ha.ta.ra.i.te.i.ma.su.

爸爸任職於工廠。

例 働きすぎて体を壊してしまいました。

ha.ta.ra.ki.su.gi.te./ka.ra.da.o./ko.wa.shi.te.shi.ma.i.ma.shi.ta.

工作過度搞壞了身體。

相關單字

勤めます tsu.to.me.ma.su.	工作、任職
勤務します ki.n.mu.shi.ma.su.	任職
稼ぎます ka.se.gi.ma.su.	賺錢
共働き to.mo.ba.ta.ra.ki.	(夫妻)雙薪

▸休(やす)みます

ya.su.mi.ma.su.

休息

說明 「休(やす)みます」是休息之意，名詞是「休(やす)み」。

例句

例 ちょっと勉強(べんきょう)を休(やす)みましょう。

cho.tto.be.n.kyo.u.o./ya.su.mi.ma.sho.u.

稍微休息一下不念書。

例 昨日(きのう)会社(かいしゃ)を休(やす)みました。

ki.no.u./ka.i.sha.o./ya.su.mi.ma.shi.ta.

昨天休息沒去公司(向公司請假)。

相關單字

寝(ね)ます ne.ma.su.	睡覺
休憩(きゅうけい)します kyu.u.ke.i.shi.ma.su.	休息
一休(ひとやす)み hi.to.ya.su.mi.	喘口氣、休息一下
昼寝(ひるね) hi.ru.ne.	午覺

▸勉強します（べんきょう）

be.n.kyo.u.shi.ma.su.

念書

說明「勉強します（べんきょう）」是學習、念書之意，名詞是「勉強（べんきょう）」。

例句

例 徹夜（てつや）して勉強（べんきょう）しました。

te.tsu.ya.shi.te./be.n.kyo.u.shi.ma.shi.ta.

熬夜念書。

例 コツコツ勉強（べんきょう）します。

ko.tsu.ko.tsu./be.n.kyo.u.shi.ma.su.

努力用功念書。

相關單字

学習（がくしゅう） ga.ku.shu.u.	學習
研究（けんきゅう） ke.n.kyu.u.	研究
独学（どくがく） do.ku.ga.ku.	自學
自習（じしゅう） ji.shu.u.	自習

行(い)きます

i.ki.ma.su.

去

說明 「行(い)きます」是去、前往，較禮貌的說法，謙稱自己「去」的動作是「参(まい)ります」，尊稱對方「去」的動作是用「いらっしゃいます」。請對方慢走是「いってらっしゃい」。

例句

例 学校(がっこう)へ行(い)きます。

ga.kko.u.e./i.ki.ma.su.

去學校

例 車(くるま)で会社(かいしゃ)へ行(い)きます。

ku.ru.ma.de./ka.i.sha.e./i.ki.ma.su.

開車去公司。

相關單字

通(かよ)います ka.yo.i.ma.su.	通勤、固定前往某處
往復(おうふく)します o.u.fu.ku.shi.ma.su.	來回
参(まい)ります ma.i.ri.ma.su.	前去(謙稱)
いらっしゃいます i.ra.ssha.i.ma.su.	前去(尊敬說法)

▶帰（かえ）ります

ka.e.ri.ma.su.

回來、回去

說明 「帰（かえ）ります」是回去的意思，「早退（そうたい）します」是提早退席、離開。

例句

例 彼（かれ）はもう帰（かえ）りました。

ka.re.wa.mo.u./ka.e.ri.ma.shi.ta.

他已經回去了。

例 学校（がっこう）から帰（かえ）りました。

ga.kko.u.ka.ra./ka.e.ri.ma.shi.ta.

從學校回來了。

相關單字

引（ひ）き返（かえ）します hi.ki.ka.e.shi.ma.su.	回去
早退（そうたい）します so.u.ta.i.shi.ma.su.	早退
帰宅（きたく）します ki.ta.ku.shi.ma.su.	回家
帰国（きこく）します ki.ko.ku.shi.ma.su.	回國

▶ 来(き)ます

ki.ma.su.

來

說明 「来(き)ます」是來的意思，「近寄(ちかよ)ります」則是靠近之意。

例句

例 バスが来(き)ました。

ba.su.ga./ki.ma.shi.ta.

巴士(公車)來了。

例 ここは来(き)たことがあります。

ko.ko.wa./ki.ta.ko.to.ga./a.ri.ma.su.

我來過這裡。

相關單字

近(ちか)づきます chi.ka.zu.ki.ma.su.	靠近
近寄(ちかよ)ります chi.ka.yo.ri.ma.su.	靠近
移動(いどう)します i.do.u.shi.ma.su.	移動
訪(おとず)れます o.to.zu.re.ma.su.	拜訪

▸食べます

ta.be.ma.su.

吃

說明「食べます」是吃東西，「飲みます」是喝東西。試吃則是「試食します」。

例句

例 ご飯を食べます。

go.ha.n.o./ta.be.ma.su.

吃飯。

例 朝ごはんを食べましたか。

a.sa.go.ha.n.o./ta.be.ma.shi.ta.ka.

吃早餐了嗎？

相關單字

味見します a.ji.mi.shi.ma.su.	試味道
味わいます a.ji.wa.i.ma.su.	品味
試食します shi.sho.ku.shi.ma.su.	試吃
頬張ります ho.o.ba.ri.ma.su.	大口吃

▸飲みます

no.mi.ma.su.

喝

說明 「飲みます」是喝的意思，吃藥也是用「飲みます」這個動詞。

例 句

例 お茶を飲みながら話し合いました。

o.cha.o.no.mi.na.ga.ra./ha.na.shi.a.i.ma.shi.ta.

一邊喝茶一邊商量。

例 飲みに行きましょう。

no.mi.ni./i.ki.ma.sho.u.

一起去喝一杯吧。(這裡的飲み是喝酒的意思)

相關單字

飲み込みます no.mi.ko.mi.ma.su.	吞進去
丸呑みします ma.ru.no.mi.shi.ma.su.	整個吞進去(引伸有囫圇吞棗、不求甚解之意)
吸います su.i.ma.su.	吸
ガブガブ ga.bu.ga.bu.	大口喝的樣子

▸見ます

mi.ma.su.

看

說明 看電視是用「見ます」，自然進入視野看得見是「見えます」，努力看到某樣東西是「見れます」。

例句

例 テレビを見ます。

te.re.bi.o./mi.ma.su.

看電視。

例 あんな恐ろしい光景は見たことがありません。

a.n.na./o.so.ro.shi.i.ko.u.ke.i.wa./mi.ta.ko.to.ga./a.ri.ma.se.n.

從沒看過這麼駭人的光景。

相關單字

眺めます na.ga.me.ma.su.	眺望
見渡します mi.wa.ta.shi.ma.su.	環視
見回します mi.ma.wa.shi.ma.su.	環視
見上げます mi.a.ge.ma.su.	向上看

買(か)います

ka.i.ma.su.

買

說明「買(か)います」也可以說「購入(こうにゅう)します」。賣東西則是「売(う)ります」。

例句

例 新(あたら)しいシャツを買(か)いました。

a.ta.ra.shi.i./sha.tsu.o./ka.i.ma.shi.ta.

買了新襯衫。

例 牛乳(ぎゅうにゅう)を買(か)ってきます。

gyu.u.nyu.u.o./ka.tte.ki.ma.su.

去買牛奶。

相關單字

購入(こうにゅう)します ko.u.nyu.u.shi.ma.su.	購入
輸入(ゆにゅう)します yu.nyu.u.shi.ma.su.	進口
輸出(ゆしゅつ)します yu.shu.tsu.shi.ma.su.	出口
買収(ばいしゅう)します ba.i.shu.u.shi.ma.su.	併購

▸書(か)きます

ka.ki.ma.su.

寫

說明 寫字、寫信都是用「書(か)きます」，寫e-mail也可以用這個字。但若是專指輸入文字的動作，則是「入力(にゅうりょく)します」。

例句

例 字(じ)を上手(じょうず)に書(か)きます。

ji.o./jo.u.zu.ni./ka.ki.ma.su.

字寫得很好。

例 エントリーシートを書(か)きます。

e.n.to.ri.i.shi.i.to.o./ka.ki.ma.su.

寫應徵履歷。

相關單字

手書(てが)き te.ga.ki.	手寫
習字(しゅうじ) shu.u.ji.	書法
写(うつ)します u.tsu.shi.ma.su.	抄寫
論述(ろんじゅつ)します ro.n.ju.tsu.shi.ma.su.	論述

動詞

▸ 読みます（よみます）

yo.mi.ma.su.

讀、念

說明 「読みます」可以指朗讀，也可以用在看書、看報紙等閱讀動作。

例句

例 本を読みます。（ほん／よ）

ho.n.o./yo.mi.ma.su.

讀書。

例 問題をちゃんと読んでください。（もんだい／よ）

mo.n.da.i.o./cha.n.to./yo.n.de.ku.da.sa.i.

請詳閱題目。

相關單字

朗読します（ろうどく） 朗讀

ro.u.do.ku.shi.ma.su.

読み上げます（よ／あ） 讀出聲

yo.mi.a.ge.ma.su.

棒読み（ぼうよ） 照稿念(不帶感情)

bo.u.yo.mi.

黙読（もくどく） 默念

mo.ku.do.ku.

▶聞（き）きます

ki.ki.ma.su.

聽、問

說明 聽是「聴（き）きます」，詢問是「聞（き）きます」，念法相同但漢字不同。經常會有混用的情況出現。

例句

例 警察（けいさつ）に道（みち）を聞（き）きます。
ke.i.sa.tsu.ni./mi.chi.o./ki.ki.ma.su.
向警察問路。

例 普段（ふだん）どんな音楽（おんがく）を聞（き）いていますか。
fu.da.n.do.n.na./o.n.ga.ku.o./ki.i.te.i.ma.su.ka.
平常都聽什麼音樂？

相關單字

聞（き）き取（と）ります ki.ki.to.ri.ma.su.	聽取、聽到、聽力練習
試聴（しちょう）します shi.cho.u.shi.ma.su.	試聽
問（と）います to.i.ma.su.	問
質問（しつもん）します shi.tsu.mo.n.shi.ma.su.	發問

動詞

▶会います

a.i.ma.su.

見面、遇到

說明「会います」可以指相約見面，也可以指碰巧遇見。

例句

例 両親に会いたいです。
ryo.u.shi.n.ni./a.i.ta.i.de.su.
想要見父母。

例 昔の友達に会いに行きます。
mu.ka.shi.no./to.mo.da.chi.ni./a.i.ni.i.ki.ma.su.
去見以前的朋友。

相關單字

伺います u.ka.ga.i.ma.su.	拜訪、見面(較禮貌的說法)
出会い de.a.i.	邂逅
お目にかかります o.me.ni.ka.ka.ri.ma.su.	見面(較禮貌的說法)
知り合い shi.ri.a.i.	認識的人、朋友

▶取(と)ります

to.ri.ma.su.

拿

說明 「取(と)ります」是拿、取的意思。

例句

例 紙(かみ)を取(と)ってください。

ka.mi.o./to.tte.ku.da.sa.i.

請把紙拿起來。

例 その本(ほん)を取(と)ってきてください。

so.no.ho.n.o./to.tte.ki.te.ku.da.sa.i.

請幫我把那本書拿來。

相關單字

握(にぎ)ります ni.gi.ri.ma.su.	握
捕(と)ります to.ri.ma.su.	捉、捕
撮(と)ります to.ri.ma.su.	照相
取(と)り込(こ)みます to.ri.ko.mi.ma.su.	拿進來

興趣

▶ 読書（どくしょ）

do.ku.sho.

讀書

說明 「読書」也可以說「本を読みます」。

例句

例 趣味は読書です。

shu.mi.wa./do.ku.sho.de.su.

興趣是閱讀。

例 彼はいつも読書にふけっています。

ka.re.wa./i.tsu.mo./do.ku.sho.ni./fu.ke.tte.i.ma.su.

他總是沉迷於閱讀之中。

相關單字

リーディング ri.i.di.n.gu.	閱讀
読み物（よみもの） yo.mi.mo.no.	讀物
本（ほん） ho.n.	書
雑誌（ざっし） za.sshi.	雜誌

▸ 旅行（りょこう）

ryo.ko.u.

旅行

說明 「旅行（りょこう）」是旅行，「ツアー」是團體旅行，「個人旅行（こじんりょこう）」是自由行。

例句

例 彼（かれ）らは世界一周旅行（せかいいっしゅうりょこう）をしています。

ka.re.ra.wa./se.ka.i.i.sshu.u.ryo.ko.u.o./shi.te.i.ma.su.

他們正在環遊世界。

例 鎌倉（かまくら）への2日間（ふつかかん）の旅行（りょこう）をしました。

ka.ma.ku.ra.e.no./fu.tsu.ka.ka.n.no./ryo.ko.u.o.shi.ma.shi.ta.

去鎌倉玩了兩天。

相關單字

日帰り旅行（ひがえりりょこう） hi.ga.e.ri.ryo.ko.u.	當日來回的旅行
バスツアー ba.su.tsu.a.a.	巴士觀光團
海外旅行（かいがいりょこう） ka.i.ga.i.ryo.ko.u.	國外旅遊
国内旅行（こくないりょこう） ko.ku.na.i.ryo.ko.u.	國內旅遊

▶映画（えいが）

e.i.ga.

電影

說明 「映画（えいが）」是電影之意，「映画化（えいがか）」是指文學或漫畫作品拍成電影。

例句

例 映画（えいが）を見（み）ることが好（す）きです。

e.i.ga.o./mi.ru.ko.to.ga./su.ki.de.su.

喜歡看電影。

例 彼（かれ）は映画監督（えいがかんとく）です。

ka.re.wa./e.i.ga.ka.n.to.ku.de.su.

他是電影導演。

相關單字

ミュージカル my.u.ji.ka.ru.	音樂劇
オペラ o.pe.ra.	歌劇
コンサート ko.n.sa.a.to.	音樂會、演唱會
演劇（えんげき） e.n.ge.ki.	舞台劇、劇

▶ 散歩（さんぽ）

sa.n.po.

散步

說明「散歩（さんぽ）」用的動詞是「します」，健走則是「ウォーキング」。

例句

例 公園（こうえん）を散歩（さんぽ）します。

ko.u.e.n.o./sa.n.po.shi.ma.su.

在公園散步。

例 毎日（まいにち）両親（りょうしん）と散歩（さんぽ）します。

ma.i.ni.chi./ryo.u.shi.n.to./sa.n.po.shi.ma.su.

每天和父母去散步。

相關單字

散策（さんさく） sa.n.sa.ku.	散步
ぶらぶらします bu.ra.bu.ra.shi.ma.su.	閒晃
彷徨（さまよ）います sa.ma.yo.i.ma.su.	徘徊、彷徨
徘徊（はいかい）します ha.i.ka.i.shi.ma.su.	徘徊

▶ 手芸（しゅげい）

shu.ge.i.

手工藝

說明 「手芸（しゅげい）」是手工藝的意思，如拼布「パッチワーク」、編織「編み物（あみもの）」都是屬於手工藝的一種。

例句

例 手芸（しゅげい）が好（す）きです。

shu.ge.i.ga./su.ki.de.su.

喜歡手工藝。

例 休（やす）みの日（ひ）はいつも手芸（しゅげい）です。

ya.su.mi.no.hi.wa./i.tsu.mo./shu.ge.i.de.su.

休假時總是在做手工藝。

相關單字

編み物（あみもの） a.mi.mo.no.	編織
パッチワーク pa.cchi.wa.a.ku.	拼布
油絵（あぶらえ） a.bu.ra.e.	油畫
ししゅう shi.shu.u.	刺繡

▶写真（しゃしん）

sha.shi.n.

照相、照片

說明「写真（しゃしん）」使用的動詞是「撮（と）ります」。

例句

例 寫眞（しゃしん）を撮（と）ってもいいですか。
sha.shi.n.o./to.tte.mo./i.i.de.su.ka.
可以拍照嗎？

例 この写真（しゃしん）はとてもよく撮（と）れています。
ko.no.sha.shi.n.wa./to.te.mo./yo.ku.to.re.te.i.ma.su.
這張照片拍得很好。

相關單字

撮影（さつえい）します sa.tsu.e.i.shi.ma.su.	拍照、錄影
撮（と）ります to.ri.ma.su.	拍(照)
画像（がぞう） ga.zo.u.	相片、圖片
アルバム a.ru.ba.mu.	相簿(專輯)

▶ 登山（とざん）

to.za.n.

登山

說明 「登山（とざん）」是名詞，動詞則是「山（やま）に登（のぼ）ります」。

例句

例 彼（かれ）は登山（とざん）のプロです。

ka.re.wa./to.za.n.no./pu.ro.de.su.

他是登山專家。

例 いつも1人（ひとり）で登山（とざん）しています。

i.tsu.mo./hi.to.ri.de./to.za.n./shi.te.i.ma.su.

總是一個人去爬山。

相關單字

山登（やまのぼ）り ya.ma.no.bo.ri.	登山
ロッククライミング ro.kku.ku.ra.i.mi.n.gu.	攀岩
ハイキング ha.i.ki.n.gu.	健行
登頂（とうちょう） to.u.cho.u.	攻頂

▸ 釣(つ)り

tsu.ri.

釣魚

說明 常見的釣魚方式有：夜釣「夜釣(よづ)り」、海釣「海釣(うみづ)り」等。

例句

例 釣(つ)りに出掛(でか)けます。

tsu.ri.ni./de.ka.ke.ma.su.

出門釣魚。

例 鯛(たい)を釣(つ)りました。

ta.i.o./tsu.ri.ma.shi.ta.

釣到鯛魚。

相關單字

海釣(うみづ)り u.mi.zu.ri.	海釣
夜釣(よづ)り yo.zu.ri.	夜釣
サーフィン sa.a.fi.n.	衝浪
水泳(すいえい) su.i.e.i.	游泳

▶キャンピング

kya.n.pi.n.gu.

露營

說明 露營的日文是「キャンピング」，通常露營會搭配烤肉「バーベーキュー」的活動。

例　句

例 森(もり)にキャンピングに行(い)きます。
mo.ri.ni./kya.n.pi.n.gu.ni./i.ki.ma.su.
去森林裡露營。

例 海辺(うみべ)でキャンピングします。
u.mi.be.de./kya.n.pi.n.gu.shi.ma.su.
在海邊露營。

相關單字

バーベーキュー ba.a.be.e.kyu.u.	烤肉
キャンプ場(じょう) kya.n.pu.jo.u.	露營場
寝袋(ねぶくろ) ne.bu.ku.ro.	睡袋
テント te.n.to.	帳篷

▸ドライブ

do.ra.i.bu.

兜風

說明「ドライブ」是開車出去外面兜風的意思，若是騎機車兜風則是「ツーリング」，騎腳踏車兜風則是「サイクリング」。

例　句

例 横浜（よこはま）までドライブしました。

yo.ko.ha.ma.ma.de./do.ra.i.bu.shi.ma.shi.ta.

開車兜風到橫濱。

例 新（あたら）しい車（くるま）に乗（の）ってドライブしました。

a.ta.ra.shi.i./ku.ru.ma.ni./no.tte./do.ra.i.bu.shi.ma.shi.ta.

開新車去兜了風。

相關單字

ツーリング tsu.u.ri.n.gu.	騎機車出遊
サイクリング sa.i.ku.ri.n.gu.	騎腳踏車出遊
運転（うんてん）します u.n.te.n.shi.ma.su.	開車

每日一字生活日語

雅致風靡　典藏文化

親愛的顧客您好，感謝您購買這本書。即日起，填寫讀者回函卡寄回至本公司，我們每月將抽出一百名回函讀者，寄出精美禮物並享有生日當月購書優惠！想知道更多更即時的消息，歡迎加入"永續圖書粉絲團"

您也可以選擇傳真、掃描或用本公司準備的免郵回函寄回，謝謝。

傳真電話：（02）8647-3660　　電子信箱：yungjiuh@ms45.hinet.net

姓名：	性別：　□男　□女
出生日期：　年　月　日	電話：
學歷：	職業：
E-mail：	
地址：□□□	
從何處購買此書：	購買金額：　元
購買本書動機：□封面 □書名 □排版 □內容 □作者 □偶然衝動	
你對本書的意見： 內容：□滿意□尚可□待改進 封面：□滿意□尚可□待改進	 編輯：□滿意□尚可□待改進 定價：□滿意□尚可□待改進
其他建議：	

剪下後傳真、掃描或寄回至「22103新北市汐止區大同路3段194號9樓之1雅典文化收」

總經銷：永續圖書有限公司

永續圖書線上購物網

www.foreverbooks.com.tw

您可以使用以下方式將回函寄回。

您的回覆，是我們進步的最大動力，謝謝。

① 使用本公司準備的免郵回函寄回。

② 傳真電話：（02）8647-3660

③ 掃描圖檔寄到電子信箱：

yungjiuh@ms45.hinet.net

沿此線對折後寄回，謝謝。

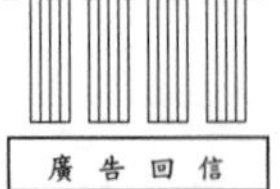

廣告回信
基隆郵局登記證
基隆廣字第056號

2 2 1-0 3

雅典文化事業有限公司　收

新北市汐止區大同路三段194號9樓之1

雅致風靡　典藏文化